KOWAIHANASHI

ミステリー案内人さんのコワイハナシ

ジゴウジトク

原作. クロネコの部屋

著者. 一夜月夜、天乃聖樹、高橋佐理

カドカワ読書タイム

KOWAIHANASHI

ミステリー案内人さんのコワイハナシ ジゴウジトク

contents

ずっと見つめて

ミステリー案内人「こんばんミラー、ミステリー案内人です。突然ですが骨江さんの家に鏡ってありますか？」
骨江「そりゃあね。毎朝顔を洗《あら》うもの。美顔は毎朝の洗顔《せんがん》からよ」
ミステリー案内人「デスよね」
骨江「でも顔を洗ってるとたまに後ろに誰《だれ》か立ってる気がして、まぶたを開けるのが怖《こわ》いわ」
ミステリー案内人「骨江さんはまぶたないじゃないですか！　って、それは置いといて……みなさんも鏡の前で目を閉《と》じたとき、ふと妙《みょう》な気配を感じたことはありませんか？　今回はそんな『鏡』にまつわるお話です」

とある放課後。

タケシが教室で友人と駄弁《だべ》っていると、ふとこんな話になった。

「なぁタケシ、B校舎《こうしゃ》の『見返し鏡』って知ってるか？」

「『見返し鏡』？　何だそりゃ？」

タケシが首を傾《かし》げると、その話題を振《ふ》ってきたミツルが詳《くわ》しく話し始める。

「ほら、B校舎の三階ってあんまり人来ないだろ？」

彼《かれ》らの通う学校の校舎は普通《ふつう》教室の入ったA校舎、特別教室の入ったB校舎に分かれている。

その鏡はB校舎三階廊下《ろうか》の西の突きあたりにあるらしい。

「なんかその鏡の前で一分間目をつぶると、目を開けた時に髪《かみ》の長い女が後ろに立ってるらしいぜ」

「何だそれ？　アホらし」

「まあまあ、とりあえず聞いてくれって」

一蹴《いっしゅう》するタケシに、ミツルは苦笑いしながら続きを話す。

「なんでも昔この学校で失恋《しつれん》して自殺した女子がいて〜、その子がこっそり化粧《けしょう》するのに使ってたのがその鏡なんだって」

「そんなのウソだろ」

「ホントだって〜。実際《じっさい》に呪《のろ》われた奴《やつ》もいて、そいつはその女に鏡の中に引《ひ》きずり込《こ》まれて、そのまま呪い殺されたとか」

「ぜーったいウソだ」

あまりにミツルがしつこいので、タケシもつい意地になった。

「そんなに言うなら俺《おれ》が本当か確《たし》かめてやるよ」

「えぇ!?」

驚《おどろ》いたミツルたちは慌《あわ》ててタケシを止めたが、彼はもう頑《かたく》なになっていて、絶対《ぜったい》にこのバカな噂《うわさ》を否定《ひてい》してやろうという気になっていた。

結局タケシは友人たちの止める声も聞かず、ひとりでその鏡があるB校舎三階廊下にやってきた。

(あれが例の鏡か)

ミツルの言っていた通り、廊下の突きあたりに『見返し鏡』はあった。

その鏡はトイレの手洗《てあら》い場《ば》からも離《はな》れた壁《かべ》にあり、よく考えると「何でそんなところに鏡があるんだ?」というような場所に設置《せっち》してあった。

周囲に人気《ひとけ》がなく寂《さび》しい雰囲気《ふんいき》も相まって、やたらその鏡が異質《いしつ》なものに感じられる。

「……」

『見返し鏡』をバカにしていたタケシも、静まり返った廊下が妙に嫌《いや》なものに思えてつい立ち止まってしまった。

が、ミツルたちに対して取った強気な態度《たいど》が、今さらあとに引けないという気持ちになり、彼は改めて『見返し鏡』の前まで行く。

やや大きめの鏡はタケシの上半身と背後《はいご》の廊下を映《うつ》していた。今いるのは廊下の西の突きあたりだが、途中《とちゅう》を遮《さえぎ》る物がないのでずっと遠くの廊下東の壁まで見ることができる。

（1、2、3……）

ミツルに聞いた通りにタケシは目を閉じて、心の中で六十秒を数え始める。

静かな廊下で目を閉じると、もうそれはただの暗闇《くらやみ》にいるような感じだった。周囲には何の気配もなく、自分の心の中の声以外に何にも聞こえない。

（31、32、33……）

やがて……それは数を数えて半分を過《す》ぎた頃《ころ》から聞こえ始めた。

ピと、ピと

その音はまるで廊下を裸足《はだし》で歩く足音のようだった。

その足音らしきものは、タケシの背後から近づいてきている。

(何だ!? き、気のせいか!?)

反射的《はんしゃてき》に逃《に》げ出《だ》したくなったが、もし逃げたらきっとミツルたちにバカにされるという思いが、彼の足をその場から動けなくしていた。

(56、57、58……)

もうタケシにできることは早く六十まで数えて目を開けることだけだった。

(59、60!)

六十を数え終わり、タケシはカッと目を開いて鏡を見る。


そして、鏡越《ご》しにその女を見てしまった。

そいつは異様《いよう》に長い黒髪を床《ゆか》まで垂《た》らして、血塗《ちまみ》れの服を着ていた。

指先からは得体の知れない液体《えきたい》がポタポタと垂れ落ちて廊下を汚《よご》している。

その女はタケシがいる廊下の西端《せいたん》の反対側、東の端《はし》っこに立っていた。とても遠くにいるのに、なぜだかすぐ背後に立たれているような気がした。

ふと女の前髪が揺《ゆ》れる。

その下から、チラリ、と、真っ赤に血走った右目が覗《のぞ》いた。

遠く離れているにもかかわらず、なぜだかその真っ赤な目がタケシのことを見つめているように感じ取れた。その女は、タケシのことを、見ていた。

「うわあ！」

タケシは驚いて後ろを振《ふ》り返《かえ》る。

だがそこに女はいなかった。無人の廊下が向こうまで続いているだけだった。

それに思わず「え？」と呟《つぶや》き、もう一度鏡を見る。

すると、やはり女はいた。鏡の中だけにそいつはいるのだ。

ピと、ピと

また足音が聞こえだす。その音に合わせて女も鏡の中で歩き始め、タケシに近づいてきた。

タケシは恐怖《きょうふ》のあまりすぐそばの階段《かいだん》を駆《か》け下《お》り、B校舎から一目散に逃げ出す。

彼はそのまま教室に戻《もど》らず、昇降口《しょうこうぐち》で靴《くつ》を履《は》いて学校の外へ出ると、全力で駆け出した。

「はっ、はっ、はっ」

息が切れ、もう走れないというところまで走り続け、タケシはようやく止まった。

膝《ひざ》に手をついてゼーハーと呼吸《こきゅう》しながら、恐《おそ》る恐る後ろを振り返る。

「……」

そこにあの女はいなかった。

さらに左右も見渡《みわた》してみるが、やはりあのめだつ長い黒髪は見当たらない。

「はぁ～」

逃《に》げ延《の》びた安堵《あんど》にタケシはため息をついてへたり込《こ》んだ。

それから息を整えて立ち上がる。ふとカバンを学校に置き忘《わす》れたことを思い出したが、とても戻る気にはなれなかった。

タケシはそのまま疲《つか》れた足取りで家へと帰る。

「あら、おかえり」

「ただいま……」

彼の帰宅《きたく》に気づいた母親が顔を覗かせる。

「帰ったら手を洗いなさい」

「……はーい」

正直そんな元気はなかったが、口答えする余裕《よゆう》もなかったのでおとなしく従《したが》った。

洗面所《せんめんじょ》へ向かって廊下を歩きながら、タケシは先程《さきほど》の女のことを思い出す。

（マジで何だったんだあれ……）

あの恐ろしげな姿《すがた》を考えるだけで恐怖が蘇《よみがえ》るが、自宅に無事帰り着いたお陰《かげ》か少し余裕も生まれていた。

(でも追いかけてこなかったし、もしかして俺の見間違《みまちが》いかなんかだったのか?)

そんな風に楽観しつつ、タケシは洗面台の蛇口《じゃぐち》を捻《ひね》って手を洗った。

ついでに汗《あせ》が気持ち悪かったので、顔も洗ってスッキリしようとする。

バシャッバシャッと冷たい水を顔にかけると、火照《ほて》った頭もだいぶ落ち着いてきた。

「ふぅ……」

タケシはやっと人心地《ひとごこち》がついた思いで、タオルで顔を拭《ふ》く。

そうして、目を開けた時。

あの女と鏡越しに目が合った。

「ヒィィィ!」

思わずタケシは悲鳴を上げる。

「……」

女は無言でタケシを見ていた。

その女は彼と同じ洗面所の中にいるのだが、なぜだかとても遠くにいた。

そう、ちょうど学校で鏡越しに見た時と同じくらい……それより少し近づいたような距離感《きょりかん》だ。

ピと、ピと

そうして、またあの足音が聞こえてくる。

(あ、あいつ、こっちに歩いてきてるんだ!)

なぜだかタケシは直感的にそう悟《さと》った。

「タケシ、どうかしたの?」

「うわあああ!」

タケシは心配して洗面所にやってきた母親を突《つ》き飛《と》ばし、二階への階段を駆《か》け上《のぼ》る。転がるように自分の部屋に逃《に》げ込《こ》むと、もうあの女が追ってこられないように鍵《かぎ》を閉《し》めて背《せ》中《なか》でドアを押《お》さえた。

「……ヒッ!」

が、スタンドミラーに映ったあの女の姿を見て、タケシはまた悲鳴を上げた。

「こ、このっ!」

タケシは必死の勇気を振《ふ》り絞《しぼ》ってスタンドミラーに近づき、キャスターごと床に倒《たお》した。もちろん、鏡面を下にして、あの女が見えないようにだ。

「はぁ、はぁ……ヒッ！」

次に目に飛び込んだのは机《つくえ》についた金具だった。

照明の光を反射《はんしゃ》する金属《きんぞく》の光沢《こうたく》に紛《まぎ》れて、あの女の黒髪と血走った赤い目が映る。

あの女は鏡に限《かぎ》らず、鏡の代わりになる反射物があればどこにでも現《あらわ》れるようだ。

ピと、ピと

また足音が聞こえ始める。

タケシは慌てて金具の表面を黒の油性ペンで塗《ぬ》り潰《つぶ》した。

ピと、ピと

しかし、足音はまだ聞こえてくる。

「ま、窓《まど》か！」

タケシはカーテンを閉める。

ピと、ピと

が、まだ足音が聞こえた。

改めて室内を見回すと、ドアノブ、ビニール袋《ぶくろ》、家の鍵、携帯《けいたい》ゲームの画面……光を反射する物はいくらでもあった。

そして、それがひとつでもある限り、あの女は近づいてくるのだ。

「あああぁあああ！」

タケシは絶叫を上げながら、片《かた》っ端《ぱし》から物を部屋の外へ投《な》げ捨《す》てた。

だがいくら部屋から物を捨てても足音は消えず、カーテンを閉めるだけではダメなのかと思い、バットで窓を叩《たた》き割《わ》った。

「タケシ！　何やってるの!?」

音に驚いて母親が二階に上がってくる。窓を割ったことを怒《おこ》られるが、タケシはタケシでそれどころではない。

「あ、足音が！　足音が聞こえて！　あああ、あああの女がぁ！」

「お、女？　足音？」

タケシは必死に説明しようとしたが、この足音は母親には聞こえていないようだった。

彼には今も、ピと、ピと、という怖気《おぞけ》立つ音が聞こえ続けているというのに。

「あああああ!」

どうしても足音を止められないタケシは、ついに布団《ふとん》を頭からかぶって体を丸めた。

ほとんどヤケクソの行動だったが、意外にも効果《こうか》があったらしく、一瞬《いっしゅん》あの足音がやんだ。

「はぁー……はぁー……」

代わりに今度はタケシ自身の荒《あら》い呼吸音《こきゅうおん》が大きく聞こえる。

布団の中は熱がこもり、息苦しくて仕方がなかった。

「タケシ! いったい何してるんだ!?」

夜になり父親が帰ってきて、窓を割ったタケシを叱《しか》るため布団を剥《は》ごうとした。

「いいからほっといてくれ!」

タケシは死《し》に物狂《ものぐる》いで抵抗《ていこう》し、決して布団を離さなかった。

やがて息子《むすこ》の尋常《じんじょう》でない様子に根負けし、両親は彼《かれ》の部屋から出ていった。

「……」

やっとタケシはひとりになれた……が。

……カサッ

「!?」

布団の外でした小さな物音にタケシはビクリと反応《はんのう》し、ガタガタと震《ふる》え出す。

カコッ……………キィ…………ッチ…………コッ…………

あの足音ではない。だが、恐怖に染《そ》まった彼にはあらゆる音があの女が近づいてくる音に聞こえてしまった。

もしかしたら、もうあの女はすぐそばに立っていて、今にもこの布団を捲《めく》ろうとしているのかもしれない。

そんな考えが頭を離れず、結局タケシは一睡《いっすい》もできないまま朝を迎《むか》えた。

朝陽が昇《のぼ》ってからしばらく経《た》って、朝食の準備《じゅんび》を終えた母親が彼を呼《よ》びに現れる。

「タケシ。朝ご飯……食べる?」

「……」

ぐぅぅ〜

正直布団の外に出たくなかったが、空腹《くうふく》はどうしようもなかった。昨夜は夕飯も食べていない。

タケシは仕方なく一階に下り、ビクビクしながら朝ご飯を食べ始めた。

だが。

ピと、ピと

「ヒッ！」

タケシはフォークにあの女が映っていることに気づき、恐怖にノドを引《ひ》き攣《つ》らせる。

「うわあ！」

タケシは慌《あわ》ててフォークを投げ捨てたが、またすぐにピと、ピと、と足音が聞こえてくる。

彼がフォークに映ったあの女の姿を見たのは一瞬だったが……あの女は昨日より明らかに近づいていた。

「タケシ？」

「……うぅぅ」

母親の呼びかけに答えず、タケシは両手で耳を塞《ふさ》ぐ。

ピと、ピと、ピと、ピと

それでも足音は耳の奥《おく》へ潜《もぐ》り込《こ》んできて、タケシの精神《せいしん》を追《お》い詰《つ》める。

（このままじゃ俺《おれ》も呪《のろ》い殺される!?）

タケシは恐怖で涙目《なみだめ》になりながら何とかならないかと考えた。

（こうなったらあの鏡を破壊《はかい》するしか……！）

何の根拠《こんきょ》もありはしないが、それしか手段《しゅだん》はないように思われた。

そうと決めたタケシは朝食もそこそこに家を出て、あの鏡を叩き割るために学校へと急いだ。

「ヒィ！」

その道中も地獄《じごく》だった。

道路のカーブミラーや商店のスライドドアなど、外にも鏡やその代わりになる物などそこら中にある。

しかも当然通学・通勤《つうきん》時間帯である今は多くの人が外を歩いており、彼らの足音とあの女の足音を区別しようがなかった。

「ウギィィィ！」

もはやタケシには周り全てが敵《てき》に映った。わけの分からない声を上げ、涙や涎《よだれ》を垂《た》れ流《なが》しながら彼はとにかく学校へと走る。

「ハァ、ハァ……」

死にそうな顔でタケシが学校に着くと、昇降口で彼に声をかけてくる者がいた。

「ようタケシ」

「ミツル？」

ミツルは部活の朝練中らしき格好《かっこう》をしていた。

「今日はやけに早いな。昨日カバン置いてってたし、宿題忘れたとか？」

「いや、別に……」

タケシは適当《てきとう》に返事をしようとしたが、昨日あの鏡の怪談《かいだん》を話したのはミツルだったことを思い出す。

「ミミッミツル！　昨日の鏡のアレ、アレなんだけど！」

「ん？」

もしかしたら彼ならあの女への対処法《たいしょほう》を知っているかもしれない。そう思って、タケシはミツルに話を聞こうとしたが、頭がこんがらがって上手《うま》く話せない。

「かがっカガミィ！」

「おいおい、落ち着けって」

ミツルも困《こま》ったようで、こちらを落ち着かせようと肩《かた》を叩《たた》いてくる。

「……！」

その時、タケシはミツルの目——その瞳《ひとみ》の中にあの女がいるのを見てしまった。

「ヒィィィ！」

「あっ、タケシ！」

悲鳴を上げてタケシはミツルのそばから逃げ出す。

なぜなら、あの女がもう間近まで迫《せま》っているのが分かったからだ。

（はやぐううううはやぐかがみをわらないどおおおおお）

もうタケシに正気などほとんど残っていなかった。

とにかくもう時間も猶予《ゆうよ》も残されていない。早く鏡を割らなければ、あの女が来る。彼のもとまで来てしまう。そうなったらそれこそ何をされるのか。どんな恐ろしい目にあうのか。

脳《のう》みそがグチャグチャになるような想像《そうぞう》が頭の中をグルグル回る。

非現実感《ひげんじつかん》が手足から正常《せいじょう》な感覚を奪《うば》い、異様《いよう》な浮遊感《ふゆうかん》、階段《かいだん》をのぼっているはずの足の裏《うら》が宙《ちゅう》を蹴《け》っているかのようだった。

それでもタケシは死ぬ気で階段をのぼり、最後は手までついて四つん這《ば》いになりながら、B校舎《こうしゃ》の三階に辿《たど》り着《つ》いた。

「はや、か、み」

呂律《ろれつ》も回らず、タケシは狭《せば》まった視界《しかい》に例の鏡をようやく捉《とら》えた。

相変わらずこの辺は人気《ひとけ》がない。だが仮《かり》に偶然《ぐうぜん》誰《だれ》かがここを通りかかったとしても、今のタケシには見えなかっただろう。彼はもう鏡を壊《こわ》すこと以外に何も考えられないし、見えていなかった。

彼は這いずるようにして鏡まで辿り着き、壁《かべ》に手をついて立ち上がって。

「ミツケタ」

黒髪《くろかみ》の女に見つかった。

鏡にタケシの顔は映っていなかった。鏡の中にいる女が彼の正面に立ち、彼の顔を隠《かく》していたのだ。

代わりに、今まで長い前髪に隠れていた女の顔が露《あら》わになっていた。

女は耳まで裂《さ》けるような笑《え》みを浮《う》かべ、血走った両目を見開いて、まばたきもせずにタケシを凝視《ぎょうし》している。

女の目に射竦《いすく》められ、タケシは金縛《かなしば》りにあったみたいに動けなくなった。

その時、鏡の中からヌッと女の両腕《りょううで》が伸《の》びてきて、タケシの顔を両手で捕《つか》まえた。

「わあああああ!」

タケシはこれまで以上の悲鳴を上げるが、女の両手は万力のように力強く振りほどけなかった。

女は人差し指と親指でタケシの両目を強引《ごういん》に開かせる。

「コレカラハズットワタシヲミテイテネ」

そう言って女はさらにケタケタと笑うと、タケシを鏡の中へ引《ひ》きずり込《こ》んだ。

彼の体はズブズブとこの世ならざる世界へと飲み込まれる。

そして、もう二度と友人が彼の姿《すがた》を見かけることはなかった。

ミステリー案内人「鏡ってずっと見てると、時々変なものが映る気がするのは何でなんでしょうね？」

骨江「ホント怖《こわ》いわね〜。私《わたし》、これからは鏡の前でまばたきしないことにするわ」

ミステリー案内人「私も骨江さんみたいにまぶたがなければよかったんですけどね。さて今回はこの辺りで。また次のお話でお会いしましょう。ばいばいちーん」

+KOWAIHANASHI+
ミステリー案内人さんのコワイハナシ
ジゴウジトク

ＳＮＳの優しい人

骨江「おやすみ世界……っと」
ミステリー案内人「こんばんグッドナイト。骨江さん、スマートフォンとにらめっこして、何をしているんですか？」
骨江「トイッターよ。遠く離《はな》れた人とも連絡《れんらく》できるから便利なのー。やっぱり時代はネットよねー」
ミステリー案内人「なるほど、ＳＮＳというものですね」
骨江「案内人さんはトイッターはやらないの？」
ミステリー案内人「うーん、どうでしょう。顔も見えない正体不明の相手との会話って、苦手なんですよね」
骨江「顔が見えないからこそ楽しいんじゃない？　本音をさらけだせるしね」
ミステリー案内人「そういえば、沙紀《さき》ちゃんという小学五年生の子も、ＳＮＳがとっても好きだったそうですよ。彼女《かのじょ》はＳＮＳにコロさんという親友がいました」
骨江「ＳＮＳの親友かー。昔だったら文通相手ね！」
ミステリー案内人「ええ。コロさんはいつもＳＮＳにいて、沙紀ちゃんの相談をなんでも聞いてくれました。沙紀ちゃんにとって、身近にいる友達よりも大好きな人だったのです」

〔トイッターの記録〕
〔4月18日　22時50分〕

沙紀：新しい担任《たんにん》、超《ちょう》うざい
コロ：どうしたの？
沙紀：せっかくの休みなのに、めちゃくちゃ宿題出してきたの。マジで鬼《おに》。こんなん一日中かかっちゃうじゃん
コロ：それはひどいね。子供《こども》は遊ぶのが仕事なのに
沙紀：でしょ!?　授業《じゅぎょう》中もちょっと隣《となり》の席の子としゃべっただけで頭を叩いてくるし、サイテーの暴力教師《ぼうりょくきょうし》だよ
コロ：校長先生に言いつけてみたら？
沙紀：チクったことはあるけど、ダメだった。あのくらいは体罰《たいばつ》にならないって
コロ：学校ぐるみで体罰を認《みと》めてるわけだ
沙紀：そー！　もう学校行くのやめよっかなって思うレベル。でも、行かないとママに怒られるし……

コロ：うーん、そっか……。じゃあ、コロさんがなんとかしてみよっか！
沙紀：え？　なんとかって？
コロ：なんとかは、なんとかだよ。大事な友達が困ってるのに黙《だま》って見てるなんて、このコロさんには無理だからね
沙紀：コロさん、やさしー！
コロ：あっはっはっ、コロさんに任《まか》せたまえ！

〔4月20日　9時10分〕

沙紀：コロさん！　担任がいなくなった！　いっしんじょうのつごう？　とかで、学校辞《や》めたんだって！
コロ：良かったねえ
沙紀：これって、コロさんがなんとかしてくれたの？
コロ：大切な友達の悩《なや》みだからね。コロさん、頑張《がんば》っちゃいました！
沙紀：コロさんありがとー！　あいしてる！　どうやったの？

コロ：それはナイショだよ
沙紀：えー、いいじゃん。教えてよー
コロ：大人の事情《じじょう》だよ
沙紀：コロさんって大人なの？
コロ：それもナイショだよ
沙紀：なんでさー！　私もコロさんのこと知りたいよー。コロさん、自分のことはなんにも話してくれないんだもん。年も性別《せいべつ》も分かんないし
コロ：いいじゃないか。コロさんは沙紀ちゃんの親友。それだけは確かだよ
沙紀：まあね！　ずっと親友だよ！

〔5月12日　16時23分〕

沙紀：あーあ、お金が空から降《ふ》ってこないかなー
コロ：ほしいモノでもあるの？
沙紀：ほしいモノっていうかー、同じクラスの愛奈《あいな》に、ビビアンイーストのリング自慢《じまん》された

んだよねー。パパに買ってもらったんだって
コロ：アクセサリーかー
沙紀：高いブランドだから、うちの親は買ってくれないし。小学生の女の子でもやれるバイトってないかなー
コロ：うーん、労働基準《きじゅん》法的に厳《きび》しいんじゃないかな
沙紀：そうなんだ？
コロ：子供をきつい仕事から守るため、法律《ほうりつ》で禁止《きんし》されてるんだよ
沙紀：なるほどー。コロさんって物知り！
コロ：でも、どうしてもほしいんだよね？
沙紀：うん
コロ：だったら、コロさんがプレゼントしちゃおう！
沙紀：えっ、いいの？
コロ：大切な友達のためだからね！　住所を教えてもらっていいかな？
沙紀：住所か……ネットの知り合いに住所は教えちゃダメって、学校で言われてるんだけど
……
コロ：コロさんのこと、信用できない？

沙紀：いやー、そうじゃないんだけどさ……
コロ：コロさん、傷《きず》ついちゃうな。沙紀ちゃんとは親友だと思っていたのに
沙紀：あ、ごめん！　ホントに違《ちが》うから！　コロさんのことは信用してる！　いつも優しいし、私の一番の友達だし！
コロ：ありがとう
沙紀：じゃあ、住所送るね！
コロ：ありがとう

〔5月12日　18時23分〕

沙紀：コロさんコロさん！　すごいよ！　もうリング届《とど》いた！　なんでこんな早いの!?
コロ：コロさんは仕事が早いんだ
沙紀：二時間で届くとか、早すぎだよ！
コロ：どう？　気に入った？
沙紀：さいこーだよ！　愛奈が持ってるのより大《おお》っきくて、石もたくさんついてる！　高かっ

たでしょ？
コロ：ふんぱつしました
沙紀：ほらほら、つけてみたから写真見て！
コロ：おお……似合《にあ》ってるじゃないか。可愛《かわい》い指だね
沙紀：えへへー。コロさん大好き！
コロ：コロさんも沙紀ちゃんが大好きだよ
沙紀：明日、愛奈たちに見せびらかしてくるんだー
コロ：コロさんからもらったということはナイショだよ
沙紀：分かった！　二人のヒミツね！

〔5月13日　16時05分〕
沙紀：愛奈たちに自慢してきたよ！　死ぬほど羨《うらや》ましがってた！
コロ：良かったね
沙紀：愛奈のリング、私のに比《くら》べたらゴミだったし！　愛奈が涙目《なみだめ》になってるの面白《おもしろ》かった！

コロ：うむうむ。親友のお役に立てて何よりだよ
沙紀：で、さー……。ちょっと、お願いがあるんだけど……
コロ：なんだい？
沙紀：ビビアンイーストの鞄《かばん》もほしいんだけどなー、って言ったら、怒る？
コロ：どうして怒るのさ。大事な友達が困《こま》ってるのなら、コロさんはなんでもプレゼントするよ
沙紀：なんでも!? じゃあ、お財布《さいふ》も!?
コロ：よしきた！ お財布もプレゼントしよう！
沙紀：ワンピースもほしい！
コロ：どーんと三着プレゼントだ！
沙紀：靴《くつ》も靴も！
コロ：出血大サービス！
沙紀：コロさんだいすきー！

〔5月17日　21時42分〕

沙紀：あー、たのしかったー

コロ：今日はクラスの女の子たちと、街にお出かけだったんだよね

沙紀：うん！　私がビビアンイーストで全身固めて到着《とうちゃく》したらさー、愛奈ってば目をまん丸にして驚《おどろ》いてた！

コロ：ビビアンイーストをそんなに持ってる小学生は、沙紀ちゃんくらいだからね

沙紀：いっつも洋服とか自慢してくる愛奈が悔《くや》しがってるの、スッキリしたよー

コロ：今日の主役は沙紀ちゃんだったわけだ

沙紀：コロさんのお陰《かげ》だよ！　ありがとう！

コロ：どういたしまして

沙紀：でも、あいかわらず愛奈はムカつくなー。私のこと、やばいバイトでもやってるんでしょって、けなしてきて

コロ：それはひどい言いがかりだね

沙紀：でしょ？　あんなやつ、死んじゃえばいいのに

コロ：あはは

〔5月18日　10時07分〕

沙紀：コロさん……愛奈が死んじゃった……

コロ：おや、そうなのかい？

沙紀：今朝、目の前で階段《かいだん》から転げ落ちて……救急車で運ばれて、そのまま……

コロ：あはは

沙紀：笑い事じゃないよ！　死んだんだよ!?　私のクラスメイトなんだよ!?

コロ：コロさんは仕事が早いんだ

沙紀：は……？

コロ：コロさんは仕事が早いんだ

沙紀：ど、どういうこと……？

コロ：沙紀ちゃんが言っていたじゃないか。愛奈ちゃんに死んでほしいって

沙紀：言ったけど！　あれは言っただけで！　ウソでしょ!?　コロさんが殺したってこと!?

コロ：コロさんは、大切な親友に喜んでほしい。愛奈ちゃんが死んで、嬉《うれ》しいかい？

沙紀：嬉しくないよ！　ムカつくやつだったけど、一応《いちおう》友達だし！
コロ：あはは
沙紀：な、なんで笑うの……？
コロ：あはは

〔5月21日　17時20分〕

沙紀：教室の机《つくえ》の上に「沙紀ちゃんへ」ってメモのついた帽子《ぼうし》が置いてあったんだけど……コロさんが置いたんじゃないよね？
コロ：ビビアンイーストの帽子だよ。ビビアンイースト、好きでしょ？
沙紀：好きだけど！　なんで私《わたし》の学校の机に置くの!?
コロ：早く沙紀ちゃんにかぶってほしかったからさ。絶対《ぜったい》キミに似合う
沙紀：学校じゃかぶれないよ！　ていうか、なんで私の学校知ってるの!?
コロ：コロさんはなんでも知ってるよ。大好きな沙紀ちゃんのことは、なんでも知ってる。なんでも、なんでもね？

沙紀：い、いい加減《かげん》にしてよ……もうやめて
コロ：どうしてやめてほしいのか、分からないな
沙紀：分かって
コロ：全然分からない。説明しておくれよ。コロさんは、親友のために頑張《がんば》っているだけなんだよ？
沙紀：もう知らない！

【5月28日　00時05分】

コロ：沙紀ちゃん？　どうして返事をしてくれないんだい？
コロ：沙紀ちゃん。沙紀ちゃん。沙紀ちゃん
コロ：コロさんは寂《さび》しいな？
コロ：トイッターに出てこないのは、どうして？
コロ：仕方ないな。沙紀ちゃんの家の電話番号も調べたから、そっちにかけるね？

コロ：どうして電話に出てくれないんだい？

コロ：キミの新しい担任《たんにん》の先生にも電話をかけてみたよ。いろいろとお話した

コロ：次はどこにかけようかな？

コロ：そうだ、キミのおばあちゃんの家にもかけてみよう

コロ：なぜ知ってるのか不思議だろう？　コロさんはなんでも知っている

〔5月30日　23時25分〕

沙紀：コロさん。今日、私のこと、つけてたでしょ？

殺：さてさて、どうだろうね？

沙紀：ショッピングモールで洋服を買ったら、店員から「お代は要《い》りません。コロさんからのプレゼントです」って言われたんだよ

殺：コロさんからのプレゼントだ！

沙紀：もう、ホントにやめて……怖《こわ》いの
殺：親友のことが怖いのかい？
沙紀：親友だって前は思ってたけど、もう思えない。コロさん、絶対変だよ
殺：コロさんは変じゃないよ？　沙紀ちゃんの味方だよ？　ほしいモノは、なんでもあげる。
殺してほしいなら、誰《だれ》だって殺してあげる
沙紀：怖いよ。もう、私には関わらないで。気持ち悪いから
殺：…………………
殺：…………………
殺：…………………
沙紀：コロさん？　分かってくれた？
殺：コロさんは、とても傷ついた
沙紀：ご、ごめん
殺：許《ゆる》さない。許さない許さない許さない
沙紀：ごめんってば！
殺：ちょっと、話し合いたいな。今から沙紀ちゃんの家に行くね
沙紀：来ないで！

殺：知ってるよ。沙紀ちゃん、今夜は一人でお留守番《るすばん》なんだよね？

〔5月30日　23時45分〕

殺：沙紀ちゃんのおうちに着きました。ドアを開けるね
沙紀：警察《けいさつ》呼ぶよ！
殺：警察なんて怖くない。コロさんには怖くない
沙紀：なんで110番できないの!?　コロさん、私のスマホになんかした!?
殺：忘《わす》れたかなぁ？　キミが新機種のスマホをほしいって言うから、コロさんがプレゼントしてあげたんじゃないか。そのスマホはコロさん特製《とくせい》だよ
沙紀：もう許して！　ホントに許して！
殺：心配しなくても、ひどいことはしないよ？　沙紀ちゃんは大事な親友だからね
沙紀：親友の家にこんな時間に来るのはおかしいよ！
殺：ほーら、鍵《かぎ》が開いた。沙紀ちゃんの可愛い靴が並《なら》んでる。どれもコロさんが買ってあげた靴だ

沙紀：全部返すから帰って！
殺：帰らないよ。これからコロさんと沙紀ちゃんはずっと一緒《いっしょ》にいるんだ。ずっと、ずっとね？　二人は幸せに暮《く》らすのさ
沙紀：ごめんなさい……私が悪かったから……もう何もおねだりしないから……
殺：おねだりは大歓迎《だいかんげい》さ。沙紀ちゃんはどこかな〜？　こっちから沙紀ちゃんの匂《にお》いがするな〜？　なるほど、押《お》し入《い》れの中に隠れているんだね？　ねえ、開けてよ。もっとキミの役に立ちたいんだよ。もっと相談してよ
沙紀：ごめんなさい……ごめんなさい……ごめんなさい……

〔5月31日　00時00分〕
沙紀：今日から、沙紀ちゃんのアカウントもコロさんが管理することになりました
殺：なりました！　コロさんと沙紀ちゃんの楽しい生活を、写真つきでお届けしてまいりまーす
沙紀：沙紀ちゃんはもう、学校に行きません

殺：二人は永遠《えいえん》に一緒です。だって親友だから

沙紀：親友だから！

骨江「なになに!?　沙紀ちゃんはいったいどうなったの!?」
ミステリー案内人「どうなったんでしょうね。とりあえず、コロさんに捕《つか》まっちゃったみたいですね」
骨江「怖いわ、ＳＮＳって……知らない人と仲良くしすぎるのは危《あぶ》ないのね……」
ミステリー案内人「相手の素顔《すがお》が分からないということは、どんな犯罪者《はんざいしゃ》に目をつけられるか分からないということです。もしかしたらみなさんがＳＮＳで毎日挨拶《あいさつ》しているそのお友達、実は恐ろしい殺人鬼《さつじんき》なのかもしれません……」
骨江「ひえええ！　あたし、ＳＮＳやめるー！」
ミステリー案内人「骨江さんは既に骨……いえ。なんでもありません」

+KOWAIHANASHI+
ミステリー案内人さんのコワイハナシ
ジゴウジトク

幸せボタン

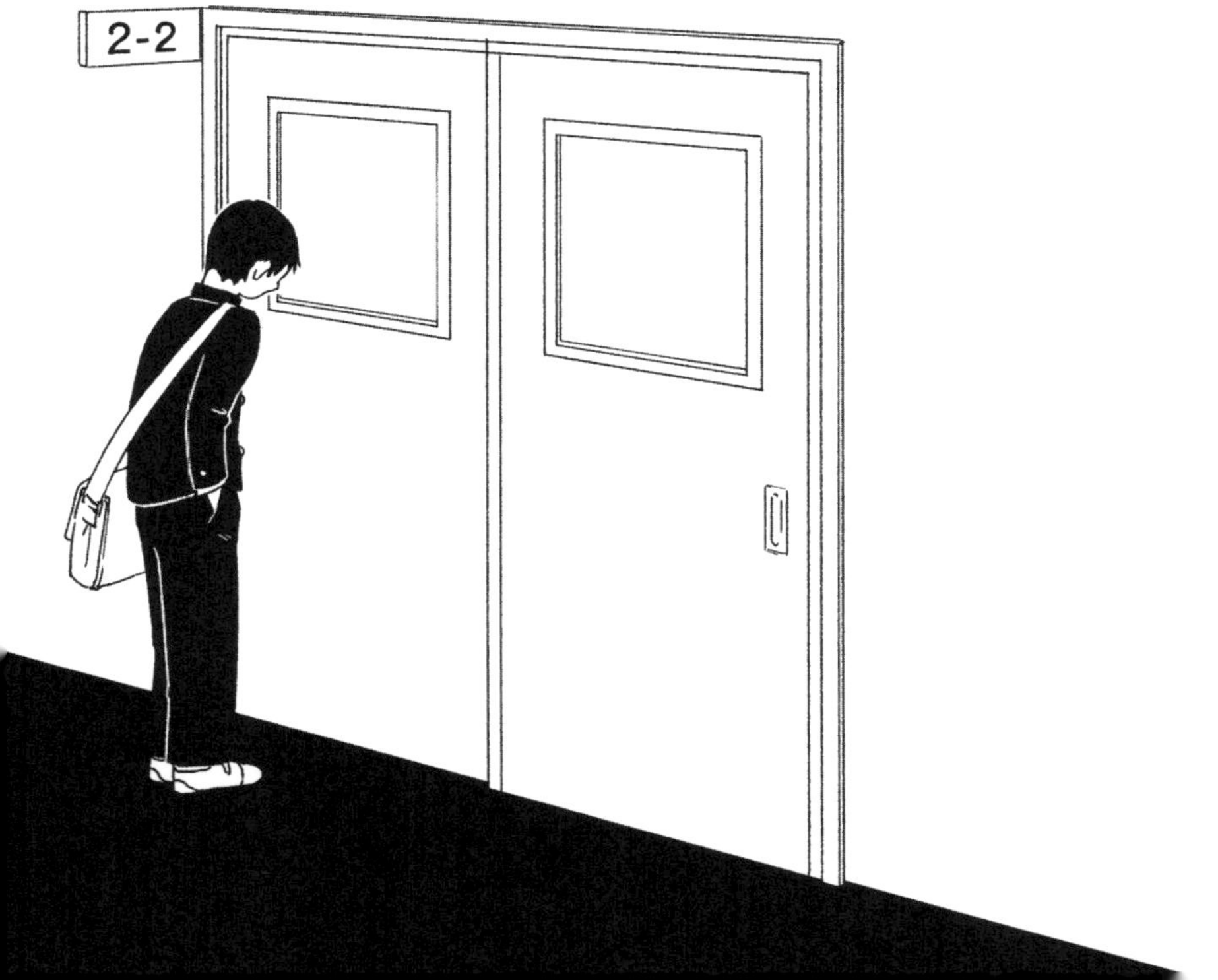

ミステリー案内人「こんばんハッピー。ミステリー案内人です。みなさんは、一生の幸せが手に入るとしたら、いくらまでお金を出せますか？」

骨江「そうねー、一生の幸せが手に入るならありったけのお金、ぜんぶ出してもいいわ！」

ミステリー案内人「では、何もしなくても、タダで幸せがもらえるとしたら？」

骨江「すごくラッキーじゃなーい！　そんな親切な人がいるの？」

ミステリー案内人「ふふ、今回はそんな幸せを運んでくれる『幸せボタン』のお話をしましょう」

濡《ぬ》れた靴を踏《ふ》み出《だ》す度《たび》に、側面から汚れた水が染《し》み出《で》る。

泥《どろ》まみれになった靴下《くつした》が中で滑《すべ》って、なまなましい感触《かんしょく》が気色悪い。

中学二年生の翔太《しょうた》は、みじめな思いで学校からの帰り道を歩いていた。

掃除《そうじ》の時間、クラスの男子に囲まれて、運動場の水たまりに何度も張《は》り倒《たお》されたのだ。うがいはしたはずなのに、まだ口の中で土の味がする。

二年に進級してからというもの、ずっとこうだった。いや、一年のときから、すぐ泣きそうになってしまう翔太は目をつけられていた気がする。

いじめは日増《ひま》しにひどくなっていて、学校に行くのが苦痛《くつう》で仕方ない。ストレスで大体いつもお腹《なか》を壊していて、しょっちゅうトイレに駆《か》け込《こ》まないといけないし、それをネタにされてまた散々いびられる。

クラスの女子からは相手にされず、部活では先輩《せんぱい》から雑用《ざつよう》とパシリを押しつけられ、親には弱気な性格《せいかく》がダメだと怒《おこ》られる。

「くそっ、くそくそくそっ！　なんで俺《おれ》ばっかり！」

むしゃくしゃした翔太は、道端《みちばた》の石ころを蹴飛《けと》ばした。

石ころは思ったより勢《いきお》いよく、遠くへ飛び、通行人の鼻に激突《げきとつ》する。

「痛っ！」

鼻を押さえる通行人。

「ご、ごめんなさい！　ごめんなさい！　わざとじゃないんです！」

翔太は慌《あわ》てて謝《あやま》った。怖い人だったらどうしよう、警察を呼ばれたらどうしよう、親に言われたらどうしようと、不安で泣きそうになってしまう。

だが、通行人はにっこりと笑って両手を合わせた。

「私がここにいたのがいけないのです。ちょっと眠《ねむ》くなっていたところだったので、眠気覚《ざ》ましになって逆《ぎゃく》に幸運でした！」

「そ、そうですか？」

なんて優《やさ》しい人だ、と翔太は驚《おどろ》いた。

相手は綺麗《きれい》な女性《じょせい》だった。三十代くらいだろうか、軽く染めた茶色の髪《かみ》。翔太が今まで見たこともないほどの笑《え》みを浮《う》かべている。

少し古くさいフレアスカートとニットのセーターも、彼女《かのじょ》が着ると品良く見える。陰《いん》キャと罵《ののし》られて見下される翔太とは対照的で、眩《まばゆ》い光に満ちていた。

女性は翔太を上から下までとっくりと眺《なが》める。

「それはそうと、あなた……不幸ですね？」

「え……?」

「いいえ、言わなくても分かっています。あなたは不幸。世界を恨《うら》み、人を恨んでいる。毎日が苦しくてしょうがない。できれば消えてしまいたい。そうですね?」

迫《せま》ってくる女性。紅《あか》い唇《くちびる》。瞳《ひとみ》は異様《いよう》にきらきらと輝《かがや》いている。

「は、はい……」

その気迫《きはく》に押されて、翔太はうなずいた。

綺麗な人だと思ったけれど、実は変な人かもしれない。

「そんなあなたにぴったりの、とっても幸せになれる方法があるんです。私はそのお陰《かげ》で幸せになれたので、みなさんに幸せのお裾分《すそわ》けをしたいと思っているんですよ。ワールドイズハッピー!」

女性はピースサインを突《つ》き出《だ》す。

変な人ではない、危ない人だった。

宗教《しゅうきょう》かセミナーかは知らないが、どうしようもなく怪《あや》しげな勧誘《かんゆう》だった。

「あの……そういうのは間に合ってるんで……」

「間に合っていないでしょう!?」

「ひっ!?」

女性に手首を鷲掴《わしづか》みされ、翔太はたじろぐ。最初は優しそうに見えた瞳が充血《じゅうけつ》していて、瞳《どう》孔《こう》は開ききっているのが分かった。

「あなたは間に合っていない……全身から負のオーラが出ています……負け組のオーラです……あなたは幸せにならなければならない……」

「ちょ、な、なんなんですか……」

「これを差し上げます」

女性は翔太の手に無理やり、小さなスイッチのような物を握《にぎ》らせた。

「これは……？」

「幸せボタンです。嫌《いや》なことがあったとき、そのボタンを押してください。そうすれば、嫌な気持ちが一瞬《いっしゅん》で消えます。押せば押すほど幸せになり、涅槃《ねはん》に近づきます。悟《さと》りの境地《きょうち》、悦楽《えつらく》の至福《しふく》があなたを包《つつ》み込《こ》むでしょう」

うさんくさいにも程《ほど》があった。その感想が翔太の表情《ひょうじょう》に出ていたのだろう、女性が付け加える。

「大丈夫《だいじょうぶ》、お金は頂きません。幸せは全人類に分《わ》け与《あた》えられるべきものですから。どうか幸せになってください。それが何よりのお代です」

「いや、要らな――」

断《ことわ》るより先に、女性はさっさと立ち去ってしまう。

翔太はため息をついて、ボタンをズボンのポケットに突《つ》っ込《こ》んだ。


翌朝《よくあさ》。相も変わらず憂鬱《ゆううつ》な思いで登校した翔太は、教室に入るなりクラスの男子たちに囲まれた。

「おー、翔太ー。今日もブサイクな顔してんなー」「昨日はあのまま帰ったのかー?」「なんでまだ学校来てんの? さっさと転校すれば?」

大勢《おおぜい》で迫られ、壁際《かべぎわ》に追《お》い詰《つ》められると、じわりと目が潤《うる》んでくる。嫌な汗《あせ》が噴《ふ》き出《だ》し、胃が締《し》めつけられる。

泣いたらダメだ。怖がっていると知られたら、いじめっ子たちは余計《よけい》に面白《おもしろ》がって攻撃《こうげき》してくる。弱者は強者のエサになるのが自然界の掟《おきて》なのだ。

翔太は体の震《ふる》えを悟られまいと、手をポケットに突っ込んで握《にぎ》り締《し》めた。中に入れていたボタンが押され、カチッと音を立てる。

「え……」

途端、まるで水で洗《あら》い流したように、嫌な気持ちが消え去った。

胃の痛《いた》みもなくなり、汗は引き、震えも止まる。

それどころか、生まれてから一度も経験《けいけん》したことのないような幸福感が、全身に広がっていく。世界が色鮮《いろあざ》やかに輝き、四肢《しし》に活力が溢《あふ》れてくる。いじめっ子たちの罵倒《ばとう》が遠い世界のことのように思えてくる。

「おい……何笑ってんだよ」

いじめっ子から言われて初めて、翔太は自分の口元が緩《ゆる》んでいることに気づいた。いつもは怖くて仕方のない相手が、間抜《まぬ》け面《づら》のガキに見えてくる。

「別に？　朝から俺をからかうぐらいしかやることがないなんて、暇《ひま》な奴《やつ》らだなーと思ってさ」

「はあ!?　舐《な》めてんのかてめえ！」「調子乗ってんじゃねえよ！」「ブッ殺すぞ！」

いきり立つ、いじめっ子たち。

「殺したいなら殺せば？　その代わり、お前らの人生は台無しになるけど。少年院からしばらく出てこられないいし、学校も行けないし、まともな会社に就職《しゅうしょく》もできない。そんな地獄《じごく》に落ちても良ければ、どうぞ？」

翔太は微笑《ほほえ》んだ。幸せすぎて、今にもお腹《なか》を抱《かか》えて笑い出してしまいそうだった。いじめっ子たちを抱《だ》き締《し》めてやりたかった。

普段《ふだん》とは打って変わった翔太の態度《たいど》に、いじめっ子たちが戸惑《とまど》う。

「な、なんだこいつ……」「急に偉《えら》そうになりやがって」「気持ち悪い……」

そそくさと翔太から離れていく、いじめっ子たち。

しょせん、彼らも群《む》れなければ獲物《えもの》を狩《か》れない存在《そんざい》。弱者と侮《あなど》っていた獲物に予想外の反撃《はんげき》を受け、怯《ひる》んでいる。

（このボタン、本当に効《き》き目《め》あるのか……？）

翔太は驚いた。

どうせ詐欺《さぎ》か怪しい宗教のたわ言だろうと思っていたけれど、さっきの幸福感は異常《いじょう》だった。

どんな悪口を言われても心に傷《きず》一つ生じなかった。

翔太は自分の席に座《すわ》り、机《つくえ》の陰でボタンを眺める。危ない薬でも入っているのではないかと観察するが、なんの変哲《へんてつ》もない、ただのボタンだ。

（本物かどうか、もっと試《ため》してみよう）

翔太はボタンをポケットにしまい込んだ。


それから、翔太は苦しいことがある度に「幸せボタン」を押すようになった。

野球部の朝練で先輩にしごかれ、へこたれそうになったときは、幸せボタン。他の部員たちが次々とグラウンドに倒れていく中、翔太だけは黙々《もくもく》と捕球《ほきゅう》を続ける。どんなに走り回っても疲れないし、先輩の罵声《ばせい》にも何も感じない。

学校の宿題にうんざりして途中《とちゅう》でやめたくなったときも、幸せボタン。次の授業《じゅぎょう》の予習まで進め、参考書も一通り読んでおく。苦痛さえ感じなければ、勉強なんてゲームとたいして変わらない。

いじめっ子が仲間を大勢呼んでケンカを仕掛《しか》けてきたときも、幸せボタン。痛みを感じない翔太と、ちょっと殴《なぐ》られただけで悲鳴を上げるいじめっ子では、勝負にならない。部活のお陰で体力はあったらしく、あっという間に全員を撃退《げきたい》する。

ボタンを有効《ゆうこう》活用し、苦労を苦労と思わず生活しているうちに、意外な効果《こうか》が生まれた。努力が苦にならないから、自分でも気づかないあいだに、どんどん成績《せいせき》が上がっていったのだ。

取《と》っ掛《か》かりがしんどかっただけで、理解《りかい》できるようになると勉強も楽しくなる。楽しいと、さらに勉強したくなる。その繰《く》り返《かえ》しで、翔太は中間テストで学年トップに躍《おど》り出《で》た。

部活でも、以前にも増《ま》して脚力《きゃくりょく》がつき、体幹《たいかん》が安定し、肩《かた》の力も増強《ぞうきょう》された。笑顔で練習に励《はげ》む翔太を先輩やコーチも気に入り、特別指導《しどう》をやってくれるようになった。ずっと芽が出なかった翔太が、二年になってようやくレギュラーに選ばれた。

そして、ある日の放課後。

一年のときから憧《あこが》れていたクラスメイトの美空《みそら》が、翔太の席へ近づいてきた。手の平を握り締め、ためらいがちに告げる。

「あ、あのさ。翔太くんって、今日は部活休みだよね?」

「え? あ、ああ」

なぜ美空がそんなことを聞いてくるのかと、翔太は内心で首を傾げた。

美空は翔太と目を合わせようとせず、もじもじと指をいじっている。

「じゃ、じゃあ、ちょっと勉強教えてくれないかな。数学で、どうしても分からないところがあって……」

「構《かま》わないけど……ここでやる？　それとも図書室？」

「喫茶店《きっさてん》がいいかなあって」

「え？　それってデート……」

翔太が思わず口にすると、美空の頬《ほお》が真っ赤に染《そ》まった。

「そ、そうだよ！　デートのお誘《さそ》いだよ！　ああもうっ、バレちゃった！　慣《な》れないことなんてするもんじゃないよー！」

美空は赤い頬を手の平で抱え、恥《は》ずかしくてたまらなそうに翔太の机に崩《くず》れ込む。幸い、他のクラスメイトたちは二人の話に気づいていないようだ。

翔太は心臓《しんぞう》が暴《あば》れるのを感じながら、小声で尋《たず》ねる。

「俺なんかで……いいの？」

「翔太くんがいいの」

「なんで」

「最近の翔太くん、すっごく格好《かっこ》いいから。あっ、前が格好悪かったってわけじゃなくて、前も優しくて良かったんだけど、最近は男らしいところも出てきて、そのっ、ぱわーあっぷ！　っていうか！」

慌てる美空の様子が可愛らしくて、翔太の脈拍《みゃくはく》は余計に速くなる。口の中が一瞬で渇《かわ》くのを自覚し、上ずった声で提案《ていあん》する。

「そ、それじゃ……俺のうちで勉強、する？」

「ん」

美空はこくりとうなずいた。


深夜。

目を覚ました翔太《しょうた》が、水を飲もうとオープンキッチンに入ると、リビングに兄の大悟《だいご》がいた。

兄はくたびれたスーツを脱《ぬ》ぎもせずソファにうずくまり、口を半開きにしてテレビを眺めている。学生時代はゲームや野球に熱を燃《も》やしていた大悟だけれど、就職してからは帰宅《きたく》しても抜《ぬ》け殻《がら》のように過ごしている。

テレビに映っているのは、お笑い芸人がバカなことをやるだけの退屈《たいくつ》な番組。くわえたゴムを引《ひ》っ張《ぱ》られるチャレンジなんて、いつの時代のセンスだろうか。

「……その番組、面白い？」

「……ん？　あぁ……どうだろうな」

翔太が話しかけると、大悟はふにゃふにゃと気の抜《ぬ》けた声を漏《も》らした。

「ゲームでもしたらいいじゃん。パルソナの新しいヤツ、出たんだぜ」

「ゲームする元気はないんだよ。会社で上司に怒《おこ》られまくって、客の理不尽《りふじん》なクレーム聞いて、残業押しつけられて、帰ってきたら何もする力はない。早く寝《ね》て明日のために少しでも体力を回復《かいふく》させないといけないんだ」

「じゃあ寝ろよ」

「寝なきゃいけないってのは分かってるんだが……寝る準備《じゅんび》をするのもきつくてな……肩こりひどいし、体中痛いしダルいし、風呂《ふろ》入るのもしんどくて……」

テーブルの上で頭を抱える大悟。最近はしょっちゅう疲《つか》れ果《は》ててリビングのソファでそのまま寝ている兄を見かける翔太である。

「もうやめたら、その会社？　ネットで調べたら、かなりブラックなところみたいだし」

「やめたって、もらってくれる会社は他にねえよ。せめて二年は続けないと、再就職《さいしゅうしょく》のとき不利になるしな……」

大悟は弱々しいため息をつく。

乱暴《らんぼう》な部分はあるものの、昔は野球部のエースとして活躍《かつやく》していた兄が老人のようにやつれている様子に、翔太は哀《かな》しくなった。

社会人というものは、これほど苦しい存在なのだろうか。楽しそうに生きている大人を、翔太は見たことがない。

「ちょっと待ってて」

言い置いて、翔太は自室に向かう。学生鞄《かばん》の中に入れていた『幸せボタン』を取り出すと、リビングに戻って大悟に差し出す。

「これ、使ってみなよ」

「スイッチ……？　なんに使うんだ？」

大悟は怪訝《けげん》そうな顔をした。

「『幸せボタン』っていうんだけどさ、これを押すと、嫌なことがなくなるんだ。俺《おれ》もこれで成績トップになったし、野球部のレギュラーになったし、彼女《かのじょ》もできた」

「はぁ？　お前、変な宗教にでもハマってんのか？」

「マジだって！　マジで効《き》くから、騙《だま》されたと思って使ってみて。幸せのお裾《すそ》分《わ》けをしたいんだよ！」

翔太は自分があの女性《じょせい》のようなことを言っているのに気づき、おかしくなった。最初は怪しいと感じたあの女性の気持ちが、今ではなんとなく分かる。自分が幸せになれた方法を、他の人にも教えてやりたいのだ。

「まったく……疲れてるときにつまんねえ冗談《じょうだん》を……」

大悟は『幸せボタン』を受け取り、仕方なくといったふうに押す。

「な……」

驚きの声を漏らす大悟。沈《しず》んでいた顔が、みるみるうちに明るくなっていく。まるで邪気《じゃき》が抜けたように、すっきりと若返《わかがえ》っていく。

大悟は呆然《ぼうぜん》とボタンを見つめる。

「肩こりが、一瞬で消えた……？　ダルいのも消えたし、酒飲んだときより百倍気持ちいいし……」

翔太は笑う。

「すごいだろ？　しんどいときは言ってくれれば貸《か》すから――」

「これはオレがもらっとく」

「え」

大悟は唇《くちびる》を吊《つ》り上げて悪い顔をした。

「お前は充分《じゅうぶん》イイ思いしたんだろ？　人生順調なら、もうこのボタンは要《い》らんだろうが。お兄ちゃんに譲《ゆず》ってくれるよな？」

「いや、やるとは一言も……」

ボタンがないと、また元の情《なさ》けない自分に戻ってしまう。その不安に駆《か》られ、翔太は慌《あわ》ててボタンを取り返そうとする。

大悟は翔太の顔面を鷲掴《わしづか》みにして怒鳴《どな》る。

「うるせえ！　弟は兄の命令を聞くもんだ！　お前みたいに苦労も知らず呑気《のんき》に生きてるガキに、コイツはもったいないんだよ！　ブン殴られたいか!?」

兄の額《ひたい》には青筋《あおすじ》が立ち、目は充血《じゅうけつ》して膨《ふく》れ上《あ》がっている。欲望《よくぼう》に火がついた、といった目だった。こうなった兄は手に負えない。

「わ、分かったよ……」

翔太は渋々《しぶしぶ》その場から立ち去った。


翌日《よくじつ》、兄が帰宅して浴室に入るや、翔太はこっそり脱衣所《だついじょ》の服を漁《あさ》った。兄のスラックスや寝間着《ねまき》の中に、『幸せボタン』は見当たらない。

翔太は兄の部屋に忍《しの》び込《こ》んだ。

仕事用のノートパソコンや、読みかけのビジネス本、カップ麺《めん》の容器などが散らばる小汚《こぎたな》い室内で、ボタンのありかを探《さが》す。

ビジネスバッグの中を調べるが、ない。

引き出しを片《かた》っ端《ぱし》から開けるが、ない。

押《お》し入《い》れに体を突《つ》っ込《こ》んで段《だん》ボール箱の中を探《さぐ》るが、ない。

焦《あせ》った翔太がベッドの裏《うら》まで引っかき回していると、ドアが開いた。

「何してるんだ……？」

風呂上がりの大悟が、タオルで髪《かみ》を拭《ふ》きながら尋ねる。

「べ、別に……」

翔太は急いでベッドから離れる。

大悟は翔太の顔をじろじろ見て、椅子《いす》に腰《こし》を下ろした。寝間着のポケットからボタンを取り出し、からかうように見せつける。

「これがほしいのか？」

奥歯《おくば》を噛《か》み締《し》める翔太。浴室までボタンを持ち込んでいるとは、兄もかなり翔太の動きには警戒《けいかい》しているらしい。

「やらねーよ。大人は忙《いそが》しいんだから、ガキはもう寝ろ」

大悟は鼻で笑い、ノートパソコンを起動する。画面に仕事用のファイルを表示《ひょうじ》し、マウスを操作《そうさ》して作業を始める。

「……まだ働くの？」

「持ち帰りでやらなきゃいけないことが、山ほどあるんだよ。今日は徹夜《てつや》だ」

「残業はしたんだろ？」

壁《かべ》掛け時計の時刻《じこく》は二時過ぎ。相変わらず兄の帰りは遅《おそ》い。

「残業だけじゃ足りなくてな。あんまり会社に泊《と》まると上に怒られるとかで、家でやってこいって係長に言われたんだ」

「ちゃんと寝ないと体壊《こわ》すよ」

「お前は母ちゃんか。オレにはこのボタンがあるから大丈夫《だいじょうぶ》だよ」

大悟は『幸せボタン』をカチカチと鳴らすと、鼻歌を歌いながらパソコンのキーボードに指を走らせた。


『幸せボタン』を奪われてから、四ヶ月。

兄は毎日ボタンを使い、笑顔《えがお》で会社に出かけていった。休日出勤《しゅっきん》は当たり前、家でもぼんやりテレビを観《み》ることさえなくなって、ひたすら仕事をしている。

朝、翔太が学校に行く準備をしていると、手洗《てあら》い場《ば》の方から激《はげ》しくせき込む声が聞こえた。

手洗い場を覗《のぞ》き込《こ》む翔太。兄が洗面台《せんめんだい》にかじりついて、しきりに咳《せき》をしている。その顎《あご》からは、赤い液体《えきたい》が滴《したた》っていた。

「ちょっ、兄貴《あにき》!?　大丈夫!?」

驚く翔太に、大悟が振《ふ》り返《かえ》る。

「ああ、大丈夫、大丈夫」

にこやかに笑いながら、口からボタボタと血を垂《た》らしている。

「血ぃ吐《は》いたの!?　なんか病気!?」

「病気じゃないって。全然きつくないし、どこも痛くないし。ただ血が出てるだけだろ、鼻血みたいなもんだ」

言いつつ、大悟は何度も幸せボタンを押している。それだけ押せば痛《いた》みなど感じないのは当然だが、額には脂汗《あぶらあせ》が滲《にじ》んでいる。

顔色もひどく、ゾンビのような土気色《つちけいろ》。目の下は恐ろしく落ちくぼみ、手は震《ふる》えている。まだ二十代なのに、髪《かみ》の毛《け》もだいぶ抜けてしまっている。明らかに体調が悪いのだ。

「病院行った方がいいと思うけど……」

「そんな時間はない！　オレのことなら気にすんな、人生初っていうぐらい絶好調《ぜっこうちょう》だから。係長もオレのこと役に立つからって、どんどん仕事を任《まか》せてくれて……」

手洗い場を出ようとした大悟が、床《ゆか》に倒《たお》れ込《こ》む。鈍《にぶ》い衝撃音《しょうげきおん》。微動《びどう》だにしない体。

これ以上、兄に幸せボタンを持たせておくのは危険《きけん》すぎる。全身がボロボロなのに、ボタンの力に頼《たよ》って無理やり働いているのだ。

翔太は今のうちに大悟から幸せボタンを取り上げようとする。

だが、その翔太の手に、大悟の痩《や》せ細《ほそ》った手が飛びついた。

悲鳴を漏らす翔太。たくましかった大悟の手は、もはや骸骨《がいこつ》のようになっていた。手だけではなく、首も骨と皮だけで、今にも折れそうだ。

だというのに、加減《かげん》のリミッターが外れているのか、腕力《わんりょく》だけはやたらと強い。骨張《ほねば》った指が翔太の手に食い込み、皮膚《ひふ》を突《つ》き破《やぶ》ろうとしてくる。

大悟の喉《のど》から、しわがれた声が漏れる。

「オレの……幸せを……奪うな……。オレは……幸せなんだ……」

「ご、ごめん……もういい！　もういいから！」

翔太は大悟の手を振りほどいて逃《に》げ出《だ》した。

幸せボタンを取り返すのを諦《あきら》めた翔太は、ボタンなしで幸せになれるよう努力した。

勉強はなるべく負担《ふたん》にならないよう自分のやりやすい方法を考え、部活も基礎《きそ》体力を上げることで長時間の練習に耐《た》えられるようにした。

既《すで》に学力も野球のスキルも上がっていたお陰《かげ》で、ボタンがなくてもそこまで苦痛《くつう》に感じることもない。

逆《ぎゃく》にボタンを取られて良かったのかな、と思い始めた頃《ころ》。

学校の帰り道で、翔太は見覚えのある人物に遭遇《そうぐう》した。

時代遅《おく》れのフレアスカート、弾《はじ》けんばかりの笑顔――かつてボタンを翔太にくれた女性だ。

女性は翔太を見るや、急いで駆《か》け寄《よ》ってきた。

「ああ！　こんにちは！　ずっとあなたを探していたんです！」

「あ……どうも。あのときは、ありがとうございました」

翔太は頭を下げる。

「どうですか、あれから。幸せには、なれましたか？」

「はい。お陰で毎日楽しいです。部活は県大会で優勝《ゆうしょう》しましたし、明日は彼女《かのじょ》とデートです」

「それは良かった。ボタンの使い方について、注意事項《じこう》を伝え忘れていたので、大変なことになっていないか心配していたんですよ」

女性は胸《むね》を撫《な》で下《お》ろした。が、翔太の胸には嫌《いや》な影《かげ》がよぎる。

「注意事項って……なんですか？」

「ボタンの幸せに頼《たよ》り切《き》るようになったら、戻ってこられなくなるということです」

「戻ってこられない……？」

女性は眉《まゆ》を寄《よ》せてうなずく。

「そう。あの幸せは、強制的《きょうせいてき》で完璧《かんぺき》な幸せです。そもそも幸福は、人間が頑張《がんば》った結果として得られるもの。苦痛は、身を守るために感じるもの。その苦痛を消して無理やり幸せにするのが、あのボタンの力です。自然なことではありません」

「まあ……確《たし》かに」

翔太《しょうた》は、血を吐きながら笑顔で出勤していた兄の姿《すがた》を思い出した。あれはどう考えても不自然で、常軌《じょうき》を逸《いっ》していた。

「一時的に使えば素晴《すば》らしい奇跡《きせき》の道具ですが、長く使うと心と体が蝕《むしば》まれます。最長でも三ヶ月で誰《だれ》かに譲った方がいいですよ、と伝えるのを忘れていました」

「お姉さんが譲ってくれたのは、三ヶ月使ったから……？」

「ええ。私《わたし》はボタンのお陰で幸せになれたので、次はあなたの番だと思ったんです。今は誰が使っていますか？」

「俺の兄貴です。もう半年くらい」

翔太の言葉に、女性が目を見張《みは》る。

「半年!?　早くやめさせないと！　取り返しのつかないことになりますよ!?」

「俺もそう思ってるんですが、返してくれなくて……」

そのとき、翔太のスマートフォンに電話がかかってきた。

翔太は女性に一言断って、電話に出る。

スピーカーから聞こえるのは、父親のこわばった声。

「大悟《だいご》が事故《じこ》に遭《あ》った。今から病院に来られるか？」


大悟は、笑いながら高速道路の真ん中を歩いていたところを、車にはねられたらしい。

半死半生の重傷《じゅうしょう》を負い、救急車で運ばれるあいだも笑顔、手術中《しゅじゅつ》もずっと笑顔で、医者たちはこんな患者《かんじゃ》は見たことがないと気味悪がっていた。

治療《ちりょう》が終わり、自宅《じたく》に帰った大悟は、変わり果てた姿になっていた。

足をなくしてベッドに横たえられ、自分で歩くこともできない。

顔も体もミイラのように包帯で巻《ま》かれ、本当にこれが兄なのか分からないほどだ。

そんな状態《じょうたい》にありながら、兄はまだ――笑顔なのだ。

まぶたのなくなった目にシワを寄せ、口角をいっぱいに吊り上げて、ニコニコと笑っている。

世界中の誰よりも幸せそうな、張《は》りついた笑顔。

手には『幸せボタン』をしっかりと握り締めている。事故に遭って道に転がっているあいだも、兄は決してボタンを放そうとしなかったそうだ。

「兄貴……これで良かったのかよ」

ベッドの大悟を眺め、翔太はやるせない思いを抱《いだ》く。もしかしたら自分が同じ結末を迎えていたかもしれない。紛《まが》い物《もの》の幸せに、魂《たましい》を囚《とら》われたせいで。

大悟が、何かを言った。

けれど声が枯《か》れていて、よく聞こえない。

「どうした？」

翔太は大悟に身を寄せて耳を澄《す》ます。

大悟は、地獄《じごく》の底から響《ひび》いてくるような声で、しきりにつぶやいていた。


シアワセ。

シアワセ。

シアワセ。

シアワセシアワセシアワセシアワセシアワセ。

シアワセシアワセシアワセシアワセシアワセシアワセシアワセシアワセシアワセ。

翔太はぞくりとする。

もはや兄にとって、すべてが幸せなのだ。

遊ぶ必要はないし、食べる必要はないし、会話する必要もない。

だって幸せだから。

絶望《ぜつぼう》の境遇《きょうぐう》に陥《おちい》りながら、圧倒的《あっとうてき》な幸福感に悶《もだ》えている。

翔太はもう、兄から『幸せボタン』を取り返そうとは思わなかった。

ただ、逃げるように廊下へ出て、笑顔の兄がいる部屋の扉《とびら》を閉《と》じた。

骨江「全然幸せじゃないじゃない！　こんなの地獄よー！」
ミステリー案内人「いえいえ、お兄さんは幸せなはずですよ？　自分で幸せだと言っているんですから」
骨江「偽物《にせもの》の幸せよー！」
ミステリー案内人「そうかもしれません。しかし、幸せとは本人の捉《とら》え方次第《かたしだい》。他人には分からないものです」
骨江「うーん……翔太くんは、ボタンがなくても幸せになる努力ができたってことよね。あたしもできるかしら？」
ミステリー案内人「もちろんです。考え方を少し変えるだけでも、きっと幸せになれますよ」
骨江「あたし幸せになるために頑張るわー！」

選手生命

ミステリー案内人「こんばんホームラン、ミステリー案内人です」

骨江「大変よ案内人さん。今朝、私宛《あて》にスゴい額《がく》の請求書《せいきゅうしょ》が届《とど》いちゃったの」

ミステリー案内人「どれどれ……うわあ、骨江さんいったい何があったんです？」

骨江「それが分からないの。何でこんなことになっちゃったのかしら？　でも大丈夫よ、案内人さん。この前『十億円儲《もう》かります』っていう契約書《けいやくしょ》にサインしたから、こんな借金すぐに返せるわ」

ミステリー案内人「骨江さん、それ絶対《ぜったい》に詐欺《さぎ》ですよ」

骨江「ええ!?　私もしかして騙《だま》されちゃったの？」

ミステリー案内人「誰しもおいしい話にはついつい飛びついちゃいますけど、キチンと内容《ないよう》を確《たし》かめてからにしないとダメですよ。そんなわけで今回は、とある『契約』についてのお話です」

ノボルは今年でプロ五年目の野球選手だ。

打率《だりつ》のよさを買われて一番打者をずっと任されてきたのだが、ここのところ成績《せいせき》が落ちてきていた。

『長打力がない』

『チャンスを作れない』

『去年より走力が落ちてる気がする』

「……はあああ～」

ネットのSNSでは試合の度に好き勝手こき下ろされるのを見て、ノボルは控《ひか》え室《しつ》のベンチで大きなため息をついた。

ノボル自身、ここ最近の不調には参っていた。

精神的《せいしんてき》に追《お》い詰《つ》められており、チームメイトや監督《かんとく》の視線《しせん》にも怯《おび》え始めている。

「何でこんな上手《うま》くいかねーんだろ……」

別に去年と今年で、ノボル自身何かを変えたつもりはない。

練習もサボっていないし、体調も崩していない。だが、なぜかヒットが打てないのだ。

そのことを監督やコーチに相談もしたが、

「そりゃ相手がお前に慣れてきたんだ。お前も何か新しいことをしないと」

と言われてしまい、何の参考にもならなかった。

しかし、グチグチ言っていても状況《じょうきょう》は好転しない。

それどころかこのまま低空飛行が続けば、球団《きゅうだん》との契約だっていつ切られるか分からないのだ。


「お困《こま》りですか？」


その時、不意にノボルの背後《はいご》から声が聞こえ、彼《かれ》を驚かせた。

「な、誰だ!?」

「はい。ワタクシ、悪魔《あくま》でございます」

ノボルの後ろに立っていたのは、シルクハットをかぶってタキシードを着た小太りの老人だった。

「お前、本当に悪魔なのか？」

「ええ、ええ、それはもちろん。ほれ、この通り」

そう言うと、老人は背《せ》に恐《おそ》ろしげな翼《つばさ》を広げ、ふわりと少しだけ宙《ちゅう》を飛んでみせた。

「うわっ！」

急なことに驚くノボルの前で、老人はニコニコと笑いながら着地して翼を折《お》り畳《たた》む。

「どうでしょう？　ほかに、こんなこともできますが」

老人は手から炎《ほのお》を出したり、口から大蛇《だいじゃ》を産んだり、次々と人間にはできないような芸当をしてみせた。

「分かった。お前が悪魔っていうのはもう分かったよ！　で、悪魔が俺《おれ》に何の用だ!?」

「はい。実はワタクシ、ノボル様によいお話を持ってきたのでございます」

悪魔の老人は炎や大蛇をしまうと、いよいよ本題を切り出してきた。

「よい話？」

「ええ、ええ。聞けば近頃《ちかごろ》ノボル様はボールが打てなくてお困りだとか」

「……」

それは確かにその通りだったが、正面からズバッと言われるのは不愉快《ふゆかい》だった。

老人は気にせず話を続ける。

「そこで提案《ていあん》なのですが、ワタクシの力でノボル様が好きなだけボールを打てるようにいたしましょう」

「本当か!?」

あまりに旨《うま》い話にノボルはつい食いついてしまった。

「はい。ワタクシと契約を結んでさえいただければいくらでも」

「契約？」

「ええ、ええ。そうですね、ヒット一本につき寿命《じゅみょう》一年ならキリもよく存《ぞん》じますが」

「はあ!?」

いくら何でもそれは法外だ。キリがいいも何もない。

だがこのまま怒鳴《どな》りつけて帰らせてしまうのも惜《お》しかった。

なによりノボルには後がない。成績が上げられるなら悪魔とだって契約してもよかった。

とはいえ、ヒット一本のために寿命を一年も払《はら》うのはやはり嫌だ。

「寿命を払うのにヒットだけじゃあんまりだ。せめてホームランを打たせてくれ」

「ああ、そうですか。あいにく、野球のルールはあまり詳《くわ》しくありませんで。ホームランでなければということでしたら、はい、そうさせていただきます」

ノボルが交渉《こうしょう》してみると、意外にも老人は低姿勢《ていしせい》でこちらの要求を受け入れた。

(なんだなんだ、思ったよりチョロいぞこの悪魔)

味を占《し》めたノボルはさらに老人に詰《つ》め寄《よ》る。

「やっぱり寿命一年も払うのは嫌だ」

「では一本につき半年でいかがでしょう？」

「半年じゃまだ嫌だ」

「最初の半分ですが？」

「嫌なものは嫌だ」

ノボルが強気に拒絶《きょぜつ》すると、老人はう～んと唸《うな》る。

「それでは……そうですね、３ヶ月ならいかがです？」

老人は苦しそうに譲歩《じょうほ》してきたが、まだまだいけると思い、ノボルは首を横に振る。

「それならまだ自力でヒットを打てるようになった方がマシだ」

「ううう……」

老人は呻《うめ》いて冷《ひ》や汗《あせ》を流す。

その時ふとノボルは相手が悪魔であることを思い出し、もし怒《おこ》らせたら俺は殺されるんじゃないかと不安になり、ヤバいと思った。

だが、老人はうぅ～んと言ったあと、プルプル震《ふる》える手で指を二本立てる。

「に、２ヶ月なら？」

老人は探《さぐ》るような目つきでノボルのことを見上げてくる。

その弱々しい物言いは本当に困《こま》っている様子で、ついさっき感じた不安もどこへやら、ノボルをさらに強気にさせた。

「いいや、まだダメだ」

「……！」

またノボルが首を横に振ると、ついに老人はガクッとうなだれる。

「では……ホームラン一本につき1ヶ月でいかがでしょうか？　これでもまだダメということでしたら、このお話はなかったことに」

蚊《か》の鳴くような声で老人が指を一本にする。

「よし！　それなら契約成立だ！」

最初の十二分の一にまでまけさせたことで、ノボルは内心しめしめと思いながら老人と悪魔の契約を交《か》わし、サインした。

翌日《よくじつ》からノボルは誰《だれ》もが目をみはるほどの大活躍《だいかつやく》をし始めた。

打席に立てば必ずホームラン。その次の日も。その次の次の日も。彼はホームランを打ち続けた。

当然、チームの勝率《しょうりつ》はグングン上がり、彼は勝利の立役者として連日ヒーローだった。

スポーツ新聞もテレビもネットも常《つね》に彼を称賛《しょうさん》し続け、インタビューの申《もう》し込《こ》みがひっきりなしに舞《ま》い込《こ》んだ。

あまりの変貌《へんぼう》ぶりに彼の活躍を訝《いぶか》しむ者も幾人《いくにん》かいたが、この世界は結果がすべて。そういった声はただのやっかみとして、世間からの称賛の嵐《あらし》に消し飛ばされた。

やがて彼のチームは日本シリーズに進み、そのまま見事優勝《ゆうしょう》。

チームとしては十七年ぶりの日本一――そして、その優勝がノボルのお陰《かげ》であることは誰の目にも明らかだった。

「ノボル選手！　日本一おめでとうございます」

「ありがとうございます」

取材陣《しゅざいじん》から向けられたマイクにノボルは笑顔《えがお》でコメントする。この一年で取材陣に囲まれるのにもすっかり慣れたものだった。

「ノボル選手は日本シリーズでも全打席ホームランでした。前人未踏《ぜんじんみとう》の偉業《いぎょう》を成《な》し遂《と》げた感想をひと言」

「そうですねぇ。まあ、全部日頃《ひごろ》の努力の賜物《たまもの》でしょうね」

ノボルはしれっと答えたが、それはウソである。

あの悪魔と契約して以来、むしろ練習はサボりがちだった。

（どうせ契約のお陰でホームランが打てるんだから、ツラい練習をするなんてバカバカしくて

やってられるかっての）
走り込みをするよりも、上手く悪魔を口でやり込めればこれだけ簡単《かんたん》にヒーローになれるのだ。そう思うと努力などまったくもってバカらしかった。

日本シリーズ優勝でシーズンを終え、ノボルは優雅《ゆうが》なオフを自宅《じたく》で過ごしていた。

「ああ〜最高の気分だ」

ノボルは昼間からリビングで高い酒を呷《あお》る。

最近購入《こうにゅう》したばかりの新築《しんちく》のマンションは広々としていて、窓《まど》から見下ろす夜景は非常《ひじょう》に美しかった。

こんな大胆《だいたん》な買い物ができたのも、今年の契約更改《こうかい》で年俸《ねんぽう》が去年の三倍にまで膨《ふく》らんだお陰だ。

それどころか近頃は、大リーグの各球団も彼に注目しているなんて噂《うわさ》も耳にしていた。

「俺も再来年《さらいねん》には大リーガーかな」

今の調子で来年も活躍すれば、きっとあらゆる球団が彼を欲しがるに違いない。

そして、それは約束された未来なのだ。悪魔の契約がある限《かぎ》り、来年の活躍は当然として、大リーグでも連日ホームランは確実《かくじつ》。

なにしろ契約にはどこにも「ホームランを打てるのは日本のプロ野球に限る」とは書いていないのだから。

「ホント、悪魔様々だな〜」

二十年後には大リーグ殿堂《でんどう》入りか……と、そんな妄想《もうそう》に耽《ふけ》っていた時、ふとノボルは思った。

（そういや一年でどのくらい寿命が減《へ》ったんだっけ）

まあ一本1ヶ月ならたいしたことないだろうと思いつつ、ノボルはスマホの電卓《でんたく》で計算してみて……愕然《がくぜん》とした。

まずノボルは一番打者である。

これは彼だけがホームランを打ち、他の打者全員が三振《さんしん》になったとしても、1試合に最低4回は打順が回ってくることを意味する。

つまり1試合につき最低4ヶ月寿命が減るので、3試合で1年寿命が減るのは確定《かくてい》。

プロ野球は一チームにつき一年間で143試合するが、ノボルのチームは再試合も含めて去年は144試合した。

これを割《わ》り算《ざん》すると「144÷3＝48（年）」寿命が縮《ちぢ》む計算になってしまった。

「い、一年試合に出るだけで48年も!?　ウソだろ!?」

思わぬ数字にノボルは驚愕《きょうがく》するが、何度計算し直しても結果は同じだった。

しかもこれは最低値《さいていち》の話である。味方がヒットを打ったり試合が延長《えんちょう》したりすれば、彼に打席が回る回数はもっと増《ふ》えるのだ。

「う、うわあああ！」

二十年後や再来年どころではない。今のノボルは二十代前半だが、ヘタしたら来年中に寿命をすべて使い切ってしまう可能性《かのうせい》が高かった。

「お、おい悪魔！　やいジジイ！　どこだ！　どこにいる!?」

「おやおや、ワタクシをお呼《よ》びになりましたか？」

ノボルが大声で叫《さけ》ぶと、いつぞやのように老人が背後に音もなく現《あらわ》れた。

「これはこれはノボル様。毎度どうも」

好々爺《こうこうや》のような笑《え》みを浮《う》かべながら、老人は慇懃《いんぎん》にシルクハットを持ち上げて挨拶《あいさつ》してくる。

思わずブン殴《なぐ》ってやりたくなる態度《たいど》だが、今はともかく先に解決《かいけつ》しなければならない問題があった。

「頼《たの》む！　例の契約を解除《かいじょ》してくれ！」

「いいえ、それはできません」

「何でだよ！　一年でこんなに寿命が減るなんて気づいてなかったんだ！　こんな契約無効《むこう》だ！」

ノボルは最初に契約《けいやく》を交わした時のように、強気に出れば老人はすぐに折れるだろうと考えた。

しかし、そこで老人はギョロリと目をひっくり返し、「クケケケ」と大笑いした。

「バカだねぇお客さん！　アンタ、いったい何と契約したと思ってるんだい？」

そう言うと老人は背中《せなか》の翼を広げ、口や耳から蛇を産み出し、全身から炎を噴《ふ》き出《だ》しながら、真っ黒な目でノボルを睨《にら》んで嘲笑《ちょうしょう》した。

そこでようやく彼は思い出す。彼が契約したのは、紛れもない悪魔であったことを。

「う、うああぁ」

絶望《ぜつぼう》して膝《ひざ》から崩《くず》れ落ちる彼を見下ろしながら、悪魔はニタリと笑う。

「よぉーく覚えておくことだ。悪魔との契約は一度結んだら二度と解除できないってね！」

骨江「ふぅ、この前騙《だま》された詐欺《さぎ》の人たちが警察《けいさつ》に捕《つか》まったお陰で、私《わたし》の借金も何とかなったわ」

ミステリー案内人「もう、これからは気をつけないとダメですよ」

骨江「うん。分かったわ案内人さん」

ピンポーン

骨江「あら？　案内人さん、宅配便《たくはいびん》が来たわよ……なんだか見たことない健康食品が段《だん》ボール箱いっぱい届《とど》いたわ」

ミステリー案内人「あっ！　それはこの前、街角のアンケートに答えた時に契約しちゃった健康食品！」

骨江「しかもこれ、入ってた契約書《けいやくしょ》通りだと、これから毎月送られてくるみたいよ」

ミステリー案内人「うわわ！　骨江さん、今すぐクーリングオフを！　慌ただしいですが、今回はこの辺で。また次のお話でお会いしましょう。ばいばいちーん」

MONITOR
通話/終了

ミステリー案内人「こんばん放課後。ミステリー案内人です。突然《とつぜん》ですがみなさん、個人情《こじんじょう》報保護法《ほうほごほう》って知っていますか？」

骨江「もちろん知ってるわよ。私のスリーサイズは誰にも教えられないわ！」

ミステリー案内人「誰も興味《きょうみ》ないのでは……おっと失礼しました」

骨江「本当に失礼ね！」

ミステリー案内人「個人情報というのは、みなさんの家の場所や電話番号なんかの、知らない人には教えたくない情報のことです」

骨江「だったらやっぱり私のスリーサイズも個人情報だわ！」

ミステリー案内人「付け加えると、みなさんは教えたくないけど、それを知りたい人がいる情報のことです」

骨江「……」

ミステリー案内人「少し前はそういう情報を守るという考え方がありませんでした。だから、たとえばクラスの連絡網《れんらくもう》といって、みなさんの名前と電話番号を書いた紙を学校で配っていたこともあるんです。でももし、それを知りたい人……知りたい〝人じゃないモノ〟がいたら、みなさん、どうですか？　情報、保護してほしいですよね？」

アキラはどうすればモンスターをもっと上手《うま》く倒せるかを考えていた。先週、発売されたばかりのゲームに夢中《むちゅう》だった。キャラクターを操作《そうさ》して巨大《きょだい》なモンスターと戦い、いかに上手く、いかに早く倒せるか……考えるだけでうずうずして、学校の授業《じゅぎょう》が長く感じてたまらなかった。

「みんないいか、信号が青だからといって走って渡《わた》らないこと。左右をちゃんと確認《かくにん》すること」

教卓《きょうたく》に立っている担任《たんにん》の上川《かみかわ》先生が言った。アキラの父よりも若《わか》く、いつも紺《こん》のエプロンを付けている。

それは先週から毎日、繰り返されている言葉で、アキラには聞《き》き飽《あ》きたようなことだった。だから頭の中は巨大な蛇《へび》型のドラゴンと戦うことでいっぱいだった。

あの攻撃《こうげき》を避《さ》けて、そしたら右側から頭を攻撃して……。

「おい、聞いてるのか吉岡《よしおか》！」

「あ、はい！　聞いてます」

急に名指しされて、アキラはびくりと肩《かた》を跳《は》ねさせた。

「そうやってぼんやりしてるとな、事故《じこ》にあうんだぞ」

「……はい」

上川先生はじろりと睨むようにアキラに言った。いつもは近所のお兄さんみたいな先生で、クラスのみんなも慕《した》っている。けれど今は少し怖《こわ》いくらいに迫力《はくりょく》があった。

「吉岡はとくに気をつけるんだぞ。帰り道で考《かんが》え込《こ》まないようにな」

くすくすと堪《こら》えたような笑い声があちこちで聞こえて、アキラは顔が熱くなった。机《つくえ》に落書きしたドラゴンを見つめて何も聞こえないふりをした。

「みんなも、車にはちゃんと気をつけて帰れよ」

はーい、と、女子の声が響《ひび》いた。

「それから西村《にしむら》への寄《よ》せ書《が》きをまだ書いてない人は書いてから帰るように。週末に先生が病院まで持っていくから」

また、はーいと、声が重なった。

それで上川先生の話はおしまいで、みんな席を立った。走って教室を出ていく男子もいれば、集まっておしゃべりを始める女子もいる。

アキラもさっさと帰ろうと思っていたけれど、寄せ書きを書いていないことを思い出した。

アキラは教室の後ろにある黒板に貼《は》られた色紙のもとに行った。色紙の真ん中には、色ペンで「西村くんへ。はやく元気になってね！」と丸っこい字で書いてあった。その周りに、みんながメッセージを書き込《か》《こ》んでいる。

黒板にはビニールの筆入れがつり下げてあった。中に鉛筆《えんぴつ》や色ペンが入っていた。アキラは適当《てきとう》に青色のペンを取って、色紙に向かった。

アキラは西村くんと仲がいいわけでもない。西村くんは目立たないクラスメイトだった。休憩《きゅうけい》時間にみんなでドッジボールをしたりとか、誰かと一緒《いっしょ》にゲームの話をしたりとか、そういう姿《すがた》を見たこともなかった。ずっと本を読んでいた気がする。

だからメッセージを書こうにも、アキラは何と書いていいか分からない。

他の人が書いたやつを参考にさせてもらおうと、ざっと眺めてみた。みんな同じようなことを書いているだけだった。元気になってね、とか、待ってるよ、とか。

結局、アキラも「はやく元気になって一緒にあそぼうね」と書いて、ペンを筆入れに戻した。ランドセルを背負《せお》って教室を出るときには、頭の中はモンスターとの戦いでいっぱいになっていた。

φ

ゲームの中では激しい戦いが繰《く》り広《ひろ》げられていた。

アキラの操《あやつ》るたくましい戦士はボロボロで、体力ゲージはあと一撃《いちげき》を耐《た》えられるかどうか分からないほどしか残っていない。けれどドラゴンも追《お》い詰《つ》められていた。尻尾《しっぽ》は切断《せつだん》されているし、空を飛ぶこともできない。

あと少しで倒せる。アキラはぐっと顔を寄せた。画面上のタイマーは二十分を過ぎていた。

ドラゴンの前脚《まえあし》による叩きつけ攻撃を、アキラはステップで右に避けた。思わず、よしっと声が出た。理想通りだ、とアキラは急いでボタンを押《お》し込《こ》んだ。

画面の中で戦士が身《み》の丈《たけ》ほどもある黒い剣《けん》を振《ふ》りかぶった。そのまま力を溜《た》めた。ぐんぐんと攻撃力《こうげきりょく》が上がる。

ドラゴンが体を回して、アキラと向かい合う。戦士の体がばしぃんと赤く光った。

今だ！

と思った瞬間《しゅんかん》、

――プルルルル
「あっ」

突然の音に驚《おどろ》いて、ボタンを離す手が一瞬遅《いっしゅんおく》れた。

必殺の一撃が振り下ろされる直前に、ドラゴンの噛《か》みつき攻撃がアキラを吹《ふ》き飛《と》ばした。

残っていた体力ゲージが一瞬で消えた。戦士が倒れ伏《ふ》して、画面にはクエスト失敗の文字が浮《う》かび上《あ》がった。

なんだよぉ、と思わず叫んで、アキラはゲーム機をソファに投げた。

あと少しだったのに！　あと一撃で倒せたのに！

ソファの肘掛《ひじかけ》をばしんと叩く。

その間もずっと電話が鳴っていた。時計を見れば夕方六時を過ぎていたので、電話に出ずとも、母親からだと分かった。アキラの母親は仕事から帰る前にいつも電話をするのだ。電話に出ないと、またゲームしてたでしょ、と叱《しか》られることになる。アキラは慌《あわ》てて立ち上がって小走りで受話器を取りにいった。

「もしもし」

……サ――――。

「母さん？　もしもし？」

……サ――――。

返事がなかった。電話の向こうでノイズが聞こえるだけだ。

イタズラ電話かな、とアキラは思った。なんだよ、邪魔《じゃま》しやがって……。

そう思うと途端《とたん》に腹《はら》が立ってきた。受話器を置こうと耳から離《はな》しかけたとき、その声が聞こえた。

「いまからいってもいいですか？」

「えっ？」

変な声だな、と受話器をまた耳に当てた。

「あの、どちらさまですか？」

「いまからいってもいいですか？」

さっきと同じ声で、同じ話し方で、相手が言った。女性《じょせい》だった。

「あの、母さんの知り合いですか？」

「いまからいってもいいですか？」

アキラは少し怖くなった。それは声がやけに平坦《へいたん》で、そこに感情《かんじょう》がない……まるで、機械で録音した言葉を繰《く》り返《かえ》し流しているみたいだったからだ。

「いまからいってもいいですか？」

黙《だま》っているアキラに、声がまた繰り返された。肩のあたりがそわそわと落ち着かない、嫌《いや》な感覚があった。

「だ、だめです、来ないでください」

「たかはしゆきたかくんが、いってもいいといいました」

えっ、と思った。それはアキラのクラスメイトだった。

どうしてこの声の主はそれを知っているのだろう。

途端にその平坦な声が身近に迫《せま》ってくるように思えて、アキラは受話器を置いて通話を切った。ぐっと手で押しつけたまま受話器を睨む。けれどまたかかってくるようなこともなく、アキラはほっと息をついた。

いまの電話はなんだったのだろう。

誰《だれ》が、どうしてかけてきたのだろう。いってもいいですかって、何だろう。

分からないことだらけだった。けれどそれを考えていると、なんだか気が重くなってきて、アキラはソファに戻った。テレビをつけて音量を上げると、またゲーム機を持った。

はやく母さん、帰ってこないかな。

ちらちらと時計を見ながらゲームを進める。けれど集中できなくて、モンスターにやられてばかりだ。

ふとインターホンが鳴った。

アキラはマンションに住んでいる。一階の出入口はオートロックになっていて、訪《おとず》れた人はそこで各部屋に連絡をする。住人が許可してロックを開けないと、一階の自動ドアは開かないようになっている。

母さんかな、とアキラは考えてすぐに首を振《ふ》った。住人はみんなパスワードを知っていて、それを入力すればいつでも自由に出入りできるのだ。

だから宅配便《たくはいびん》とか、あとは、誰だろうか。

アキラは立ち上がって、電話機の上の壁《かべ》に取り付けられたモニターを見にいった。それは一階に誰が来たのか、その映像《えいぞう》を映《うつ》してくれるのだ。

モニターを見て、アキラは息を呑《の》んだ。

女が立っていた。

そうと分かるのは髪《かみ》が長いからで、前髪は顔を隠すほど伸《の》びている。白い絵具で塗《ぬ》り潰《つぶ》したような肌《はだ》の色をしている。けれどそう見えたのは、着ている服が真っ赤であったからかもしれない。

その女は、アキラをじっと見ていた。正確《せいかく》にはインターホンに取り付けられたカメラを通して、まっすぐにこちらを見つめていた。

母親の知り合いではないとすぐに分かった。こんな人を見たことがなかった。

アキラは迷《まよ》いながらも手を伸ばし、通話のボタンを押した。

それはむしろ祈《いの》るような気持ちだった。間違《まちが》いであってほしい、何でもない用事であってほしい。

はい、と返事をした自分の声が震《ふる》えていることに気づいた。

女は微動《びどう》だにしなかった。長い髪の隙間《すきま》からこちらを見ながら、

「いまからいってもいいですか」

と言った。あの電話の声だった。

——来たんだ、とアキラはすぐに分かった。あの声の人がうちに来たんだ。

ぞっ、と背筋《せすじ》が震えた。喉《のど》がぎゅっと締《し》まって、息がうまくできなかった。

「よしおかあきらくん」

「ひっ」

名前を、呼ばれた。

平坦な、何の感情もない、冷め切った声で、名前を、呼ばれた。

「いまからいってもいいですか」

「……だ、だめです！　来ないでください！」

「たかはしゆきたかくんが、いってもいいといいました」

そうか、とアキラは理解《りかい》した。

この女は高橋《たかはし》くんの家にもこうして行ったのだ。そうに違いない。それで高橋くんは、僕《ぼく》に押しつけたんだ。僕の名前を教えたんだ。だからこの人は僕の名前も家も知っているんだ。

「いまからいってもいいですか」

女の声にびくりと体が震えた。アキラには迷う余裕《よゆう》もなかった。

「え、江藤良平《えとうりょうへい》くんの家に行ってください」

声が震えた。自分はとてつもなく悪いことをしている。けれど、この女を誰か他の人に押《お》し付《つ》ける。そうすることでしか逃げられない。そう思った。

けれど女はまた、平坦な声で言う。

「えとうりょうへいくんはうえだけんじくんのところへいっていいといいました」

「じゃ、じゃあ田中裕樹《たなかゆうき》くんの家に行ってください！」

「たなかゆうきくんはふじわらゆきこさんのところへいっていいといいました」

「佐藤健二《さとうけんじ》くんの」

「さとうけんじくんはすぎむらりかさんのところへいっていいといいました」

アキラがクラスメイトの名前を言うたびに、女はそれを繰り返した。

そうしてアキラは、すでにクラスメイトのほとんどが、別の誰かの名前を教えていたことに気づいた。誰の名前を言っても、女はすでにそれを知っていた。

だんだんと声がかすれて小さくなって、アキラの目に涙《なみだ》がこみあげてくる。息がうまくできない。しゃくりあげながら名前を言う。女はそれをもう知っている。もう自分しか残されていない。

アキラは耐《た》えられなくなった。叩くようにモニターの電源《でんげん》を切った。

走って自分の部屋に入り、ベッドに潜《もぐ》り込《こ》んで布団《ふとん》をかぶった。暗い世界で布団に包まれている。自分の喘《あえ》ぐような息遣《いきづか》いがうるさかった。心臓《しんぞう》が耳元でばくん、ばくんと響いている。

どうしよう、と思わず声に出ていた。

アイツは、もう帰っただろうか。大丈夫《だいじょうぶ》だ。一階のドアを開けてないんだから、来られるわけがない。そうだ、大丈夫だ、大丈夫、大丈夫。

両手を強く握りしめて、アキラは祈るように何度も呟《つぶや》いた。

そのとき、

——ピンポーン

家の中にチャイムが鳴った。

ひっ、とアキラの喉が引きつった。大丈夫という言葉はもう出てこなかった。

誰かが、家の前にいる。

認《みと》めたくなかった。

アイツが、家の前にいる。あの髪の長い、真っ赤な服の女が立っている。そんな光景を想像《そうぞう》してしまったら、もう逃《に》げ道《みち》がないことを自分で認めてしまう気がした。

——ピンポーン

また、チャイムが鳴った。

——ピン、ポーン

——ピンポ

——ピンポピンピピンポンピピピピピピピピピピピピピ

ひいっと叫んで、アキラは両耳を覆《おお》った。

チャイムが連打されている。何度も何度も何度も何度も。

アキラは体を丸めて布団の中で叫んだ。自分が何を叫んでいるのかは分からなかったし、どうでもよかった。チャイムの音を聞かないで済《す》むならなんでもいい。

気づくと、チャイムは止まっていた。

しんとした静けさがあった。

アキラがおずおずと、巣穴《すあな》から様子をうかがうウサギみたいに、ゆっくりと布団から顔を出した。

とん、とん、と。

アキラはゆっくり、顔を向ける。

誰かが、部屋の扉《とびら》を、ノックしていた。

とん、とん。

「いまからはいってもいいですか」

あの声だった。

扉の向こうから平坦な声が、しっかりと聞こえた。もう電話越《ご》しでもモニター越しでもなかった。アイツはいま、すぐ、そこに、いるのだ。

アキラは布団をぎゅっと握りしめた。

どこか逃げる場所を探した。けれどこの部屋に窓《まど》はない。唯一《ゆいいつ》の出入口であるドアの向こうには、アイツがいる。

「いまからはいってもいいですか」

「はいってきて、どうするんですか……?」

聞きたくないと思いながら、聞かずにはいられなかった。なぜそんな質問《しつもん》をするのか、アキラには自分でも分からない。けれど、どうしても知りたかった。この女がどうしてここまで来たのか、どうしてそんなことができるのか、なにかひとつでも知ることで、怖さを受け入れることができる気がした。

「わたしといっしょにいきましょう」

「どこに……?」

「わたしといっしょにいきましょう」

「だ、だから、どこに!」

「わたしといっしょにいきましょう」

わたしといっしょにいきましょう。

わたしといっしょにいきましょう。

「わたしといっしょに、あのよに、いきましょう」

あはははははははははははは。

笑い声が響《ひび》いた。

笑っているのに、その声はちっとも楽しそうではなくて、どこまでも抑揚《よくよう》のない声だった。

機械が笑っているように、息継《いきつ》ぎもなく、ずっと、ずっと、笑い声が響いていた。

アキラはただ、その声を聞いていた。

自分は連れていかれてしまうんだ。だって、目の前に来てしまったんだから。

ぴたりと笑い声が止まった。電源が切れたように唐突《とうとつ》に。

耳が痛くなるほどの静かな時間があってから、また、女が言った。

「いまからはいってもいいですか」

アキラの目から涙がぼたりぼたりとこぼれた。しゃくりあげるように必死に息を吸《す》いながら、
ただ首を振った。

「いまからはいってもいいですか」

とんとん、とドアがノックされた。

アキラは床《ゆか》に放り出されたままのランドセルを見て、とっさに思いついた。

体は自分のものじゃないみたいに動いた。ベッドから飛び出してランドセルの中のものを床にぶちまけた。教科書やノートやドリルを手で払《はら》いのけながら、一枚《いちまい》のプリントを見つけた。

ドアノブが、がちゃりと鳴った。

アキラはプリントを必死に広げた。それはクラスの連絡網《れんらくもう》だった。みんなの名前が書いてある。誰かまだ、女が行っていないクラスメイトを探《さが》すのだ。でないとアキラは、連れていかれてしまう。

あ、とアキラは息を漏《も》らした。

一番上に、その名前があった。

ドアがかすかに開かれようとしたとき、アキラは叫んでいた。

「上川先生のところへ行ってください！」

――ぴたり、と、ドアが止まった。

「かみかわせんせいのところへいっていいんですか」

「い、いいです！」

「――わかりました」

あっけないほど素直《すなお》にそう答えて、それきり、もう声は聞こえなくなった。

開きかけのドアもそのまま、アキラはプリントを握りしめて座っていた。いま自分に起きたことを理解できないまま、ずっとドアを見つめていた。

ようやく動き出したのは電話が鳴ったからだった。

アキラはほとんど何かを考えるということもしないで部屋を出て、受話器を持ち上げた。聞こえてきたのは今度こそ、母親の声だった。

「もしもしアキラ？　ごめんね、仕事が延《の》びちゃって。お母さんいまから帰るから……ちょっとなに、どうしたのよいきなり泣きだして。もしもし？　アキラ？」

ϕ

今日は休みなさいと心配する母に断って、アキラは登校していた。もちろん学校に行きたくない気持ちはあった。それでも、クラスのみんながどうなっているか――上川先生がどうなってしまったのかを、アキラは確認《かくにん》したかった。

教室に入ると、先に来ていたクラスメイトの視線《しせん》がどっと集まるのを感じた。それはお互《たが》いに生きていることを確認するような、言葉にはならない意思があった。

教卓《きょうたく》の前の席に、高橋幸隆《ゆきたか》が座っていた。アキラが見返すと、ばつが悪そうな顔で視線をそらした。

よく見れば、クラスメイトの誰《だれ》もが似《に》た表情《ひょうじょう》をしている。

そりゃそうだ、とアキラは思う。誰もがみんな、誰かにアレを押し付けあったんだから。それをアキラは知っている。そしてアキラもまた、その一員であることに言いようのない居心地《いごこち》の悪さを覚えてしまう。

アキラが席に着いても、教室の中は静かなままだった。ときおり、誰かがぼそぼそと小声で話すこともあるけれど、それもすぐに収《おさ》まってしまう。

時間が過ぎるうちに少しずつクラスメイトはやってくる。誰もが暗い顔で教室を見回す。そして席に着いたら黙り込《こ》む。その繰《く》り返《かえ》しだった。

朝のホームルームのチャイムが鳴った。アキラは教室を見回した。空席がいくつもあった。アキラと同じように、空席に気づいたクラスメイトたちがこそこそと声をかわしているのが聞こえる。

ねえ、もしかして……うそやだ……まさかほんとに……。

空席のうちの誰かがアイツに連れていかれたのかもしれないと、そう言っていた。けれどアキラは、空席を気にしていなかった。クラスメイトはみんな、誰かを指名したあとだったことを、アキラは知っていた。

教室の扉が開いて、上川先生が入ってきたとき、アキラはほっとした。先生がアイツに連れていかれていないことが分かったからだ。

上川先生はいつもと違って笑顔《えがお》を浮《う》かべていない。口元をきゅっと結んだ厳《きび》しい顔のまま教卓に立った。アキラは一瞬《いっしゅん》、上川先生に睨《にら》まれた気がした。

「昨日の夜」

と上川先生が言ったとき、何人かがびくりと肩《かた》を跳《は》ねさせた。誰も顔を上げず机《つくえ》を見つめていた。

「病院で西村くんが亡《な》くなったと連絡がありました」

アキラは顔を上げて上川先生を見つめた。先生はまっすぐにアキラを見返していた。上川先生はただ、小さく首を左右に振《ふ》った。何も言うな、と言われた気がした。

そのまま上川先生は、何かを話している。アキラの耳には上手《うま》く入ってこない。アキラはじっと机の落書きのドラゴンを見つめながら考えていた。

この教室の中で、そのことを知っているのはアキラだけだろう。だから上川先生はアキラを見て首を横に振ったのだ。

きっと、上川先生はアイツに、西村くんの名前を言ったんだ。それで、アイツは西村くんのところへ行ったんだ。でも、西村くんは他の人を指名できなかった。だから、あの世に連れていかれたんだ。

交通事故《じこ》にあってから、西村くんはずっと意識《いしき》がなかったのだから。

アキラは後ろの黒板を見た。そこには色紙が貼《は》られていた。

——西村くんへ。はやく元気になってね！

骨江《ほねえ》「ひえっ、あたし、人間不信になっちゃいそうよ！　誰にも連絡先《れんらくさき》を教えないようにしなくちゃ！　あ、でもそうしたらひとりぼっちだわ!?」

ミステリー案内人「大事な情報《じょうほう》は秘密《ひみつ》にしておきましょう。あなたの情報を欲《ほ》しがっている人は、あなたが思っているよりもたくさんいるんですよ。たとえば、クラスメイトとか……」

命短し恋する乙女

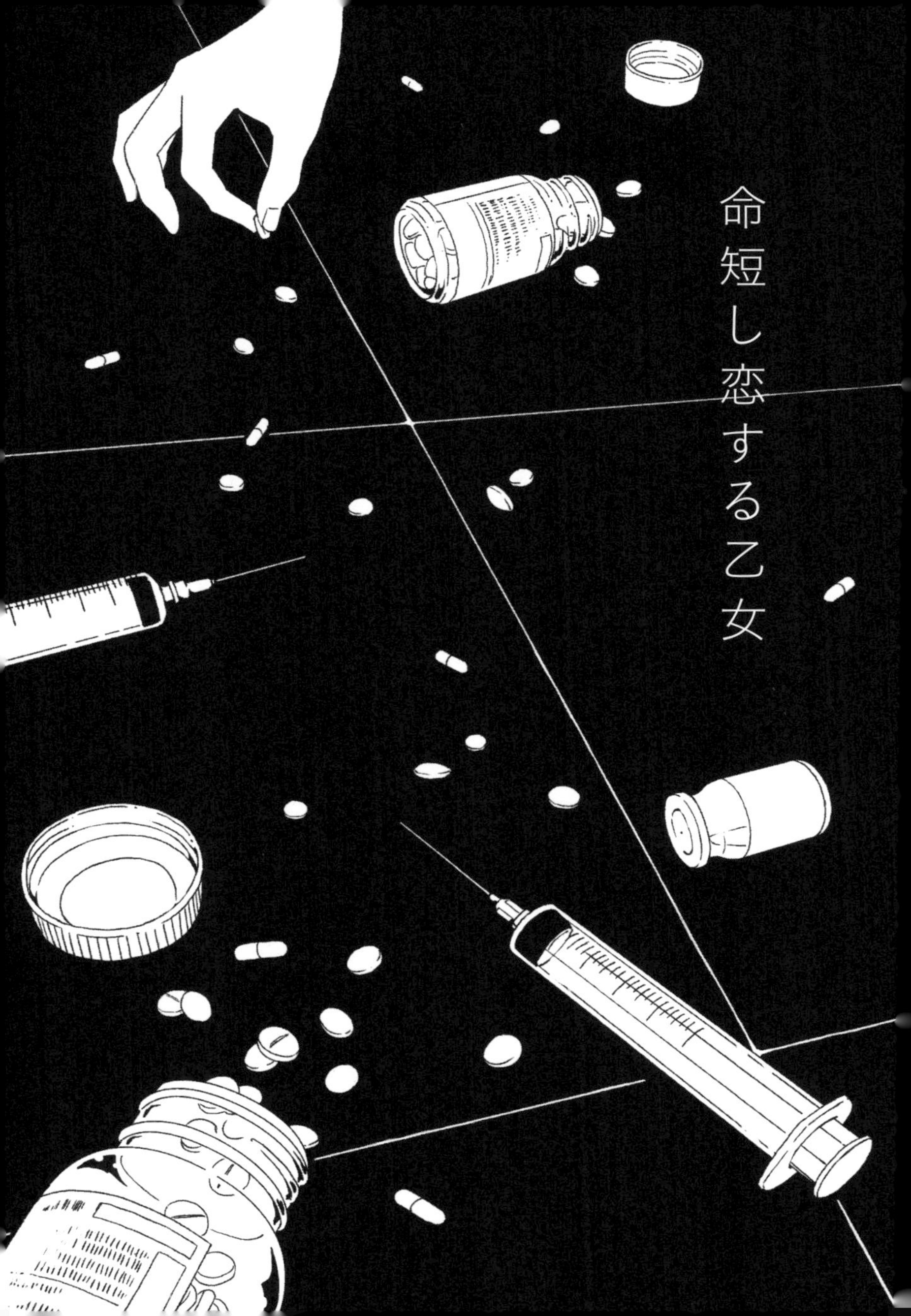

ミステリー案内人「こんばんラブロマンス、ミステリー案内人です。あら骨江さん、おめかししてお出かけですか?」

骨江「ええ、これから合コンなの。いっぱいおめかしして、素敵《すてき》な殿方《とのがた》を捕《つか》まえなくっちゃ」

ミステリー案内人「気合い入ってますね。骨江さんみたいな人を恋する乙女っていうんでしょうか。でも、恋は時に人をおかしくさせることもあるんですよ? 今回はそんな『恋』にまつわるお話です」

サシコは今年から高校生。

彼女《かのじょ》にはひとつ目標があった。

「高校生になったんだから、そろそろ素敵な恋がしてみたい！」

夢《ゆめ》と期待に胸膨《むねふく》らませた新生活の始まり。

「同じクラスになったアツシ君、カッコいいな～」

イケメンのクラスメイトに早速片想《さっそくかたおも》い。

「ああ、卒業まで素敵な三年間が送れそう」

サシコの青春は薔薇色《ばらいろ》に彩《いろど》られていた。

が、しかし。


「余命《よめい》一年です」


「……え？」

ある日、貧血《ひんけつ》で倒《たお》れて担《かつ》ぎ込《こ》まれた病院で、サシコは医者から唐突にそう言われた。

「え……あの……余命って？」

あまりのことに理解《りかい》が追いつかず、サシコはオウム返しに尋《たず》ねる。

医者も答えるのが心苦しいのか、つらそうな表情で口を開いた。

「検査《けんさ》でサシコさんの脳《のう》に異状《いじょう》が見つかりました。世界でも滅多《めった》に見ない難病《なんびょう》です」

「難、病？」

「はい」

「な、治るんですか？」

「……この病気は現段階《げんだんかい》ではいまだに治療法《ちりょうほう》が見つかっていません。残念ながら……」

「……」

医者の話は途中《とちゅう》からサシコの耳に届《とど》いていなかった。

（余命一年？）

ただ先程《さきほど》聞かされた命の期限《きげん》が耳の中でリフレインする。

（え？　余命一年？　私《わたし》あと一年しか生きられないの？　え？　それがあと一年？　だって、私まだ恋人《こいびと》もできてないし、青春も、薔薇色で……え？）

放心状態《じょうたい》のままサシコは二週間ほど入院した。

この原因《げんいん》不明の病は不思議と痛《いた》みを伴《ともな》わないらしく、対症療法《たいしょうりょうほう》もないので、入院中はただベッドで寝《ね》ているだけだった。

「……せめて学校に行きたい」

あまりにも退屈《たいくつ》すぎて、サシコは医者にそう願い出た。

前述《ぜんじゅつ》の通り、この病気は痛みもなく、日常《にちじょう》生活に不自由もない。

ならせめて最後の日々は患者《かんじゃ》の望み通りに……ということで、週一回の通院の約束だけして、彼女《かのじょ》は家に帰された。

サシコが帰宅《きたく》しても、彼女の家に明かりはなかった。

彼女の両親は検査結果を聞いた日から悲嘆《ひたん》に暮《く》れるばかりで、リビングからは母親のすすり泣く声しか聞こえない。

一方、サシコはサシコで余裕《よゆう》などあるはずもなく、帰ってきても自分の部屋で天井《てんじょう》をボーッと眺《なが》めることしかできなかった。

サシコが自宅《じたく》に戻った翌日《よくじつ》。

「……」

カバンに教科書を詰《つ》め、サシコはトボトボと通学路を歩いていた。

学校へ行きたいとは言ったが、それも明確《めいかく》な希望があったわけではない。

言ってしまえば、何となく日常に戻りたかっただけである。

しかし、学校に着いてカバンを置き、教室を見回しても、もう彼女の知る「日常」はどこにもなかった。

なぜなら、彼女は一年後に死ぬのだから。

死期を知ってしまった人間の目に映る光景というのは、すべてが変わってしまったように見える。何もかもが暗く、薔薇色などどこにもない。

それどころか暢気《のんき》に談笑《だんしょう》しているクラスメイトの顔を見ると、理不尽《りふじん》な憎《にく》しみすら湧《わ》いてきてしまう始末だ。

ただの八つ当たり……それは分かっているが、彼らを見ていると嫌《いや》な頭痛《ずつう》までしてきて、教室にいるのがつらくなってくる。

サシコは痛む頭を押さえながら、保健室《ほけんしつ》に行こうと立ち上がった。

「あっ！」

が、足元がフラフラしていたせいか、机に腰《こし》をぶつけてよろめいてしまう。

その時。

「おっと、大丈夫《だいじょうぶ》？」

「アツシ君……！」

よろめいたサシコを助けたのは片想い相手のアツシだった。

「サシコさん顔色悪いじゃん」

「え、あ……」

「俺《おれ》、サシコさんのこと保健室連れてくわ」

アツシは雑談《ざつだん》していた友人にそう声をかけると、サシコの背《せ》を支《ささ》えながら彼女と一緒《いっしょ》に廊下《ろうか》に出た。

「あり、がとう」

「気にしなくていいって。それにしてもサシコさんって、もしかして体弱い？」

保健室へ向かいながら、アツシはサシコを気遣《きづか》う。

「あ、うん、実は……」

そのやさしさにドキッとしつつ、サシコはうなずいた。

彼女が難病であることは学校側には伝えてあるが、クラスメイトには秘密にするようにお願いしていた。妙《みょう》な同情《どうじょう》をされるのも煩《わずら》わしいし、逆《ぎゃく》に腫《は》れ物《もの》のように扱《あつか》われるのも嫌だったからだ。

「そっか。最近学校来てなかったし、ちょっと心配だったんだよね」

「本当？」

「ホントホント」

アッシは軽く肯定《こうてい》する。

彼はサシコの病気のことを知らない。つまり、これは彼の本心から出た言葉であると彼女は受け取った。

(まだクラスメイトになって日も浅いのに、私が学校休んでたことまで心配してくれてたんだ……！)

そう思うと、サシコの心はもう一段《いちだん》大きく高鳴った。

(……好き！)

元々サシコは——多少夢見《ゆめみ》がちなところはあるにせよ——どこにでもいる何の変哲《へんてつ》もない少女だった。

だがあの余命宣告《せんこく》以来、彼女自身無自覚ながら心の均衡《きんこう》を失いつつあった。

精神《せいしん》のバランスが崩《くず》れると、人はおかしな考えに転がり落ちてしまう危険《きけん》が常にある。怪《あや》しげな宗教《しゅうきょう》に傾倒《けいとう》したり、幻覚《げんかく》や幻聴《げんちょう》に悩まされたり、わけもなく死にたくなったりと、その症状《しょうじょう》は様々だ。

(好き……アッシ君好き)

サシコの場合は、アッシへの恋心《こいごころ》が加速した。

心が弱りきっていたところへ、片想いの相手から特別にやさしくされたことで、彼女は彼への慕情《ぼじょう》を急速に膨らませていく。

(好き。好き。好き。大好き)

それはもはや暴走《ぼうそう》に近い状態と言えた。

学校、通学路、コンビニ、自宅、歩いている時、立っている時、勉強している時、食事をしている時、寝る直前まで彼女は脳内《のうない》でアッシのことばかり考えるようになる。

(私はアッシ君のことが好き。彼もあんなにやさしくしてくれたんだから、彼も私が好きに決まってる)

あまりにアッシのことを考えるうちに、サシコはいつの間にか彼と自分が両想《りょうおも》いであると思《おも》い込《こ》むようになっていった。

「アッシ君、アッシ君」

学校へ行くと、サシコは休み時間の度《たび》にアッシに声をかけるようになった。

「やあ、サシコさん」

アッシも最初は満更《まんざら》でもなさそうな様子だった。

彼も年頃《としごろ》の男子高校生だ。クラスメイトの女子からあからさまに慕《した》われて悪い気がするわけがない。

が、徐々《じょじょ》にそれがおかしくなっていった。

「アッシ君、何でメールしてくれないの？　アッシ君、既読《きどく》スルーしないで？　アッシ君、ほかの女の子と話さないで？　アッシ君、友達より私と遊んで？」

サシコは四六時中アッシにつきまとうようになった。

初めのうちは学校内だけだったが、やがて帰りも彼の家のそばまでついていくようになり、ひと月も経つ頃には、登校時も待ち伏《まぶ》せて一緒に通うようになった。

彼女はそれを、当たり前のようにそうしていた。

なにしろその頃にはもう彼女の中でふたりは恋人同士ということになっていて、常日頃《つねひごろ》から一緒にいるのは当然なことだったからだ。

サシコの事情《じじょう》を知っている両親や教師《きょうし》は、彼女の行動を咎《とが》めなかった。事情が事情なだけに咎めづらかったというのが正確《せいかく》だが。

しかし、アッシ自身はそうもいかなかった。

「悪いけど、もうつきまとわないでくれない？」

ある日、アッシの家に上がり込もうとしつこく追いすがったサシコに、彼はとうとう我慢《がまん》の限界《げんかい》を迎《むか》えて冷たく彼女を拒絶《きょぜつ》した。

「え!?　何で!?　どうして!?」

突然《とつぜん》そんなことを言われたサシコは混乱《こんらん》し、狼狽《ろうばい》しながらアツシの制服《せいふく》を掴《つか》んだ。

彼はその手を振《ふ》り払《はら》い、彼女を突き飛ばす。

「頼《たの》むから俺も限界なんだ！　お願いだからもうやめてくれ！」

「アツシ君！」

叫《さけ》ぶサシコの目の前でアツシは玄関《げんかん》の扉《とびら》を閉《し》める。

彼女がドンドンと扉を叩き続けても、彼は決して出てこなかった。

「うぅぅ……」

一時間ほどしてついにサシコも諦《あきら》め、涙《なみだ》を流しながらトボトボと家へ帰った。

（何で？　何でアツシ君は急に冷たくなったの？　どうして？）

涙で顔を濡《ぬ》らしながらサシコは頭の中でグルグルと同じことを考え続けた。

（もしかして……私が病気だから？　病気のせいで、私のこと嫌《きら》いになったの？）

延々《えんえん》と考え続けた結果、サシコは急にアツシの態度《たいど》の原因を自身の病気と結びつけた。

（そうよ。だって私とアツシ君はあんなに愛し合ってたんだもの。彼が私を嫌いになる理由なんてそれ以外に考えられない！）

サシコの中で、アツシは彼女を完全に愛していたことになっていた。

一方、サシコはサシコで、彼女にとって自分自身に欠点があるとすれば、それは自分が不治の病であること以外にないと考えていた。

(何としてでもこの病気を治さなくちゃ……！)

アツシとよりを戻すにはそれしかないと思い込んだサシコは、そのまま家に帰らず病院へと足を向けた。

「先生にお話ししたいことがあるんです」

病院に着いたサシコは受付に診察券《しんさつけん》を出し、しばらく待合室の椅子《いす》に座ってジッとしていた。

「……」

しかし、サシコは名前を呼ばれる前に、看護師《かんごし》の注意がそれた隙《すき》を狙《ねら》って待合室を抜《ぬ》け出《だ》し、病院の奥《おく》へ忍《しの》び込《こ》んだ。

この病院には何度も通院していたので建物内の構造《こうぞう》は把握《はあく》していた。

彼女は人があまり来ない物陰《ものかげ》に身を潜《ひそ》めると、そのまま夜が来るまで待った。

やがて夜になり、病院全体がシンと静かになった頃になると、彼女は物陰から出て無人の廊下をひたひたと進んでいく。

時折見回りの看護師が現《あらわ》れたが、彼女はそれをすべてやり過ごし、とうとう目的の部屋に辿《たど》り着《つ》いた。

そこは様々な薬品が保管《ほかん》された部屋だった。

中には用法を守らなければ大変危険な薬もあったのだが、素人《しろうと》の彼女にそんな見分けがつくはずもない。

(病気を治さなくちゃ病気を治さなくちゃ病気を治さなくちゃ)

サシコは薬品棚《だな》からありったけの薬を取り出すと、片っ端《かたっぱし》からそれを飲み始めた。

「うっうぐ、ぐえ……ぅ」

胃がいっぱいになるまで薬を詰《つ》め込《こ》んだあとは、続けて注射器《ちゅうしゃき》を手に取った。

彼女《かのじょ》は注射器に液体《えきたい》の薬を入れ、それをまた自分の腕《うで》に突《つ》き刺《さ》す。これもまた正しいやり方もへったくれもなく、次から次へと薬液《やくえき》を体内に流し込んだ。

「……い!?」

当然そんなメチャクチャなことをすればただで済《す》むはずもない。

「ギイイイイエエエエエエエエ!!」

急に体の内側が拗《ねじ》くれるような激痛《げきつう》に襲《おそ》われ、サシコはその場でのたうち回った。

「痛い痛い痛い痛い痛い痛い痛い痛いイタイいたい」

頭にガンガン、グワングワンと銅鑼《どら》を鳴らしたような音が響き、信じられないような頭痛で目がチカチカとした。

手足が痙攣《けいれん》し、それぞれ別の生き物のように跳《は》ねまくり、彼女の体はおもちゃみたいに転がった。

（ア、ツ、シ、君……）

やがて異変《いへん》に気づいた看護師たちが駆《か》けつけてきた時には、彼女は口から泡《あわ》を噴《ふ》いて意識《いしき》不明の重体に陥《おちい》っていた。


何とか一命を取《と》り留《と》めたサシコは、そのまま緊急《きんきゅう》入院することとなった。

昏睡《こんすい》状態となった彼女の全身は赤黒く変色し、皮膚《ひふ》も爛《ただ》れたようになっていた。それが病気の進行によるものなのか、飲んだ薬の影響なのか、医者にすら判断《はんだん》がつかなかった。

「ああ、サシコ。なんて姿《すがた》に……」

異様《いよう》な姿となった娘《むすめ》に両親は泣《な》き崩《くず》れ、毎日付きっきりで看病《かんびょう》した。

しかし、彼女のクラスメイトは誰《だれ》も見舞《みま》いに来なかった。

「ア、ツ、シ、君」

時々、サシコは意識不明のままアツシの名を口にした。

それを聞いた両親はアツシに見舞いに来るように懇願《こんがん》したが、彼は電話口で心苦しそうにその頼《たの》みを断った。その声には少なからず怯《おび》えが含《ふく》まれていた。

それから三ヶ月後の夜――唐突《とうとつ》に、サシコは目を覚ました。

「……」

全身の皮膚が赤黒くなっていたので、ギョロッと開いた目の白い部分がやけにめだった。

サシコは無言で上半身を起こすと、体のあちこちについていた管を抜き、ベッドから下りる。

彼女《かのじょ》が管を抜いたことで、それと繋《つな》がっていた計器が警告音《けいこくおん》を鳴らし始めた。

「アヅシグン」

ポツリと呟《つぶや》いたサシコの声は耳障《みみざわ》りな掠《かす》れた音になっていた。皮膚同様に彼女のノドは爛れてしまっていて、それが彼女の声を恐《おそ》ろしげなものに変えてしまっていた。

けれど彼女は自身の異変に気づかず、あるいは気にも留めず、警告音を聞きつけた看護師がやってくる前に病室を抜け出し、そのまま姿を消した。

サシコが病院から姿を消したという話は、彼女の両親からの電話でアツシも知ることとなった。

「娘はアツシ君のところに行っていないか？」

「いえ……知りません」

アッシは小声で答え、電話を切る。

電話を終えて彼は二階の部屋に戻ったが、しばらく何も手につかなかった。

サシコの身に降りかかった不幸について、彼には何の落ち度もない。

しかし、気にはなっていた。彼女のことは正直怖《こわ》いと思っていたが、何度も見舞いを断ったことについても心を痛めていた。

コツンッ

その時、不意に彼の部屋の窓《まど》に何か小さな物が当たる音がした。

最初は気のせいかと思ったが、それからもコツンッ……コツンッ……と何度も同じ音がする。

「何だろう？」

アッシはジィーッと窓を見る。

すると、またコツンッと音がして、その正体が投げられた小石だと分かった。

誰かが彼の部屋の窓に小石を投げている。

イタズラかとも思ったが、妙な胸騒《むなさわ》ぎがした彼は思いきって窓を開けた。

「……あれは！」

窓を開けて見下ろすと、家の前の道路にサシコのような人影《ひとかげ》が立っていた。

もう夜で暗かったため顔色などはよく分からなかったが、彼女の背格好《せかっこう》や髪型《かみがた》には見覚えがあった。

「サシコさん？　サシコさんなのか!?」

「……」

アツシはサシコと思われる人影に声をかけるが、彼女は何も言わずに立ち去り始めた。

このままでは彼女を見失うと思った彼は取るものもとりあえず玄関へ急ぎ、慌《あわ》てて外へ飛び出した。

近くに人影がないと分かれば、彼は先程《さきほど》彼女が歩いていった方向へ走り出した。

「どこ行ったんだ？」

別にアツシにサシコを捜《さが》す義務《ぎむ》はない。

しかし、先程も述《の》べたようなある種の罪悪感《ざいあくかん》や、彼自身の性格《せいかく》が、せめて彼女を捕《つか》まえて彼女の両親に連絡《れんらく》しなければと思わせていた。

彼女を捜して夜の道を走っていると、やがて近所の公園に辿り着いた。

その公園の滑《すべ》り台《だい》のそばに誰かが立っていることに気づき、アツシはそちらへ近づく。

「サシコ……さん？」

病衣を着たその女性《じょせい》はこちらに背中《せなか》を向けていたため、アツシはやや自信なさげに声をかけた。

「アヅシグン」

掠れた声はかつての彼女のものとは似ても似つかなかったが、しかし名前を呼ぶ感じは以前のままだった。

「サシコさん、何でこんなところに？　早く病院に戻《もど》らなくちゃ」

「……ズギ」

「え？」

サシコの声がよく聞き取れず、アツシは向こうを向いたままの彼女に近づく。

と——いきなり彼女がこちらを向いた。

「うっうわあああ！」

赤黒く爛れたサシコの顔を見て、思わずアツシは悲鳴を上げて腰《こし》を抜かす。

「ズギズギズギズギズギズギズギ」

好《ズ》き《ギ》という言葉を繰《く》り返《かえ》しながら、サシコはアツシの上にのしかかった。

その手に、病院から盗《ぬす》んできたメスを振《ふ》り上《あ》げながら——

——その後、惨殺《ざんさつ》されたアツシの死体が公園で発見された。

それからほどなくして、奇妙《きみょう》な噂《うわさ》が彼らの通っていた学校で流れるようになる。

それはこの町では夜になると、公園や道端《みちばた》で立《た》ち尽《つ》くす病衣を着た少女が目撃《もくげき》されるというものだ。

だが、決してそのうつむいた少女を心配して声をかけてはいけないらしい。

声をかけたが最後、その恋《こい》に恋する乙女《おとめ》のサシコさんはあなたに一目惚《ひとめぼ》れし、死ぬまであなたを追い回すようになるのだから……。

ミステリー案内人「骨江さん、合コンはいかがでしたか？」

骨江「それが聞いてよー案内人さん。私《わたし》せっかく気合い入れて行ったのに、お目当ての殿方《とのがた》はみーんな取られちゃったの。腰骨《こしぼね》の真っ白な素敵《すてき》な人を見つけたのに！」

ミステリー案内人「あらあら、それは残念。めげずに次頑張《がんば》りましょう。でも頑張るのはいいですけど、どうかくれぐれも節度のあるお付き合いをしてくださいね？」

骨江「もちろんよ。次こそは絶対《ぜったい》に一緒《いっしょ》のお墓《はか》に入ってくれる彼を探すわ！」

ミステリー案内人「ちゃんと天寿《てんじゅ》は全《まっと》うさせてあげてくださいね。今日のところはこの辺で。また次のお話でお会いしましょう。ばいばいちーん」

あなたの年収「一億円」

ミステリー案内人「こんばんマネー、ミステリー案内人です」

骨江「案内人さん大変大変。この前たくさんお買い物したら、私の貯金なくなっちゃったの」

ミステリー案内人「買いすぎですよ骨江さん。お金は大切に使わないと。でも私もお金に関してはいつも不安ですね。自分で言うのも何なんですけど、この仕事って収入《しゅうにゅう》が不安定なんですから。せめて今年の稼《かせ》ぎがどのくらいになるかだけでも事前に分かれば、将来《しょうらい》の不安も減るんですけどねー。まあ、私の話は置いといて。今回はそんな『お金』にまつわるお話です」

エイジは今年で二十四歳《さい》になる青年だ。

高校生の頃《ころ》に悪い友人とつき合うようになり、勉強もまるでしなくなった。

当然のように大学に落ちたが、不良時代のカノジョに子供《こども》ができたのでそのまま結婚《けっこん》。定職《ていしょく》に就《つ》くことができず、両親から仕送りを受けながらボロいアパートで暮《く》らしている。

「あーどっかに大金の入ったバッグとか落ちてねーかなー」

バカらしい独《ひと》り言《ごと》を言いながら空《あ》き缶《かん》を蹴《け》る。

アルバイトだけで家族を養うのは大変だ。親の仕送りがあっても、朝から晩《ばん》まで働かなきゃならない。

それでも本当にギリギリの生活で、エイジの財布《さいふ》にはたまの休みに遊ぶお金すら入っていなかった。

「しゃーねー、ナオトんとこ遊びにいくか」

エイジは学生時代からの友人であるナオトの家へ向かう。

「おっエイジか。遊びにきたん?」

「ああ、今暇《ひま》?」

「暇暇。まあ上がれよ」

ナオトはエイジの不良仲間だが、去年宝《たから》くじで五千万円を当てて一気に金持ちになったラッキー野郎《やろう》だった。

ただいまだ独り身なので広い家を持《も》て余《あま》しているらしく、こうして友人が訪《たず》ねてくると喜んで家に上げてくれるのだ。

「酒は何飲む？」

「昼間っから酒かよ」

「飲まねーの？」

「飲む飲む」

エイジはナオトが注《つ》いでくれた酒で乾杯《かんぱい》する。ラベルを見ると、彼が普段《ふだん》買っている安酒とは比べものにならない高い酒だった。

（チクショー、羨《うらや》ましいな）

正直それを妬《ねた》ましいとも思うが、こうしてよくたかりにきているので、ヘタにナオトの機嫌《きげん》を損《そこ》ねるようなことも言えなかった。

「あー、俺《おれ》も金欲しーなー」

酔《よ》いが回ってきた頃、エイジはポロッと口にした。

「金かー……そういやちょっとおもしろい話があるぞ」

「ん？　いいもうけ話でもあんの？」

「いや、そういうんじゃねーんだけどさ」

ナオトはコップをテーブルに置いて話し始める。

「××駅の駅舎裏《えきしゃうら》にいる占《うらな》い師《し》の婆《ばあ》さんがな、人が今年どんだけ稼ぐか占いでピタリと当てちまうんだよ」

「人の年収を当てるってことか？　はぁ、何だよそれ」

もっとおもしろい話だと思っていたエイジはガッカリした。

しかし、ナオトは「いやいや」と笑う。

「俺もさ、去年その婆さんに占ってもらったんだよ。そしたら五千万とか言われて、んなわけねーと思ってたんだけど……」

五千万という額《がく》を聞いて、エイジは「まさか」と呟いた。

「年末にふとその占いを思い出して宝くじ買ってみたらドンピシャ！　五千万ゲットってわけよ！」

「はあぁ～!?」

驚愕《きょうがく》するエイジにナオトは得意満面の笑《え》みを見せる。

「な？　エイジも試《ため》しに行ってみろって」

「まあ……行くだけ行ってみるか」

（ナオトが行ってたのはここか？）

エイジは××駅まで行くと、言われた通り駅舎の裏へ回った。

（いた……！）

そこには確《たし》かに占いをやっている婆さんがひとりポツンと座っていた。

「あの、いいですか？」

「占いかえ？」

「は、はい」

「手、見せぇ」

婆さんがそう言うので、エイジは黙《だま》って手を差し出す。

「ふむ……」

それからしばし婆さんはエイジの手をしげしげと眺め、次にチラリと視線《しせん》を上げて彼《かれ》の顔を見やる。

「わしんとこ来たってことは、金運占いでええんやろ？」

「はい、それで」

「ふむ……」

婆さんはもう一度エイジの手を見てから、口を開く。

「あんさんの金運は一億円やな」

「は？」

「やから、一億円や。大雑把《おおざっぱ》やけど、端数《はすう》は知らんがね」

あまりに突飛《とっぴ》な額を提示《ていじ》され、エイジは目を白黒させた。

（一億ってウソだろ!?　俺がそんな稼げるわけが……）

だがそこでエイジはナオトの例を思い出す。

（そうか宝くじか！　俺、今年の宝くじで一億円当てんのか!?）

あまりに都合のいい話だが、ナオトは実際《じっさい》に宝くじで五千万円を当てている。

（うぉぉぉぉマジかよ！）

エイジは喜びのあまりその場で小躍《こおど》りした。

「ちょいとあんさん」

「ん？」

「占い一回五百円」

そう言って婆さんはエイジに「ん！」と手を突き出してくる。

「ああ、はいはい占い代ね！」

浮かれきったエイジはほいほいと五百円玉を婆さんに手渡《てわた》す。

最初は占いの結果が悪かったらイチャモンつけて払わないつもりだったが、なにしろ「一億円」だ。たった五百円くらい痛くも痒《かゆ》くもなかった。


次の日、エイジは遊びにいった競馬場でいきなり万馬券《まんばけん》を二回も当てた。

「うおおお！　マジかよおお！」

一瞬《いっしゅん》で何十万円も手に入れたエイジは狂喜乱舞《きょうきらんぶ》する。

(ヤベェ！　もしかして一億円って宝くじじゃなくて競馬で稼ぐんじゃねぇか!?)

どちらにせよあの占い師は本物——と、エイジはますます確信《かくしん》した。

「いいなエイジ。運よすぎだろ」

「ハッハッハー、まあな！」

一緒に競馬場に来ていた友人たちもエイジを羨み、それがさらに彼を調子づかせる。

「よっしゃ！　今日は俺の奢《おご》りだ！」

「マジかよ！　サンキュー！」

そのままエイジは仲間と一緒に朝まで飲み明かした。

次の日も。

そのまた次の日も。

「はーはっはっ、ほらみんな飲め飲め！」

連日連夜豪遊《ごうゆう》するのはとても楽しかった。

急に羽振《はぶ》りのよくなった彼のところに人が集まるようになった。友人たちにおだてられ、エイジもますます調子に乗った。

いちおう、たまに彼のことを心配してくれる者もいたが……

「ねぇ、そんなにお金使って大丈夫《だいじょうぶ》なのー？」

「大丈夫大丈夫。なんてったって、もうすぐ一億円手に入るからよー」

と、エイジはまったく気にしなかった。

ボッタクリバーでどれほど料金を取られても、競馬で大負けしても何の問題もない――なぜなら一億円手に入るのだから。

しかし、彼の妻《つま》はそうはいかなかった。

「ちょっと！　また○×金融《きんゆう》から電話が来たわよ！」

「ん？　あーはいはい、またか」

今年中に一億円手に入る……が、今すぐ手に入るわけではない。

ではエイジがどうやって毎日豪遊しているかといえば、それはローンなどの借金だ。

定職も持たない彼に金を貸《か》してくれる会社は少なく、最近はヤミ金からも金を借りている。

「去年も競馬のしすぎで借金まみれになって、お父さんに援助《えんじょ》してもらったばっかりじゃない！　大体、あなた最近ちゃんと働いてるの？」

「チッ、うっせーな」

妻の小言にエイジは舌打《したう》ちを返す。

確かに去年義父《ぎふ》に金を無心するため土下座《どげざ》したのは、彼にとっても苦い記憶《きおく》だ。あんなに屈《くつ》辱的《じょくてき》な思い出もそうそうない。

だが、今回はその心配はないのだ。だって一億円手に入るのだから。

「いーから、大丈夫だって」

「でも！　子供だってもうすぐ小学校に上がるのに、この先の学費だって……」

「だから心配すんなって！　あ、今度はお前の親父《おやじ》にチクんじゃねぇぞ？」

「……分かったわ」

エイジが低めの声で脅《おど》すと、妻は不満げにうなずいた。

「けど出かける前にサインだけ書いてよ。小学校に出す書類とかいろいろあるんだから」

「はいはい」

早く遊びにいきたかったエイジは、内容《ないよう》を読みもせずに妻に言われるがままサインだけして家を出た。

「さーて、今日はどの馬に賭《か》けよっかなー」

るんるん気分で競馬場へ向かったエイジは気づかない。

エイジがさっきサインした書類が生命保険《ほけん》の契約書《けいやくしょ》で、彼が死亡《しぼう》した時に妻が受け取る保険金の額《がく》が「一億円」だったことに……。

ミステリー案内人「この後ある夫婦《ふうふ》の間で典型的な保険金《ほけんきん》殺人が起きたとか何とか」

骨江「彼の年収一億円は、奥《おく》さんが受け取ることになったのね〜。でも保険金殺人なんて、そんな簡単《かんたん》に上手《うま》くいくのかしら？」

ミステリー案内人「確かに。日本の警察《けいさつ》は優秀《ゆうしゅう》ですから、保険金殺人なんて動機も分かりやすい事件《じけん》、簡単に解決してしまいそうです。でもきっと大丈夫でしょう。なんてったって、あのお婆さんの占い的中率《てきちゅうりつ》は百パーセントですから、ね？　それではまた次のお話でお会いしましょう。ばいばいちーん」

読んではいけない日記

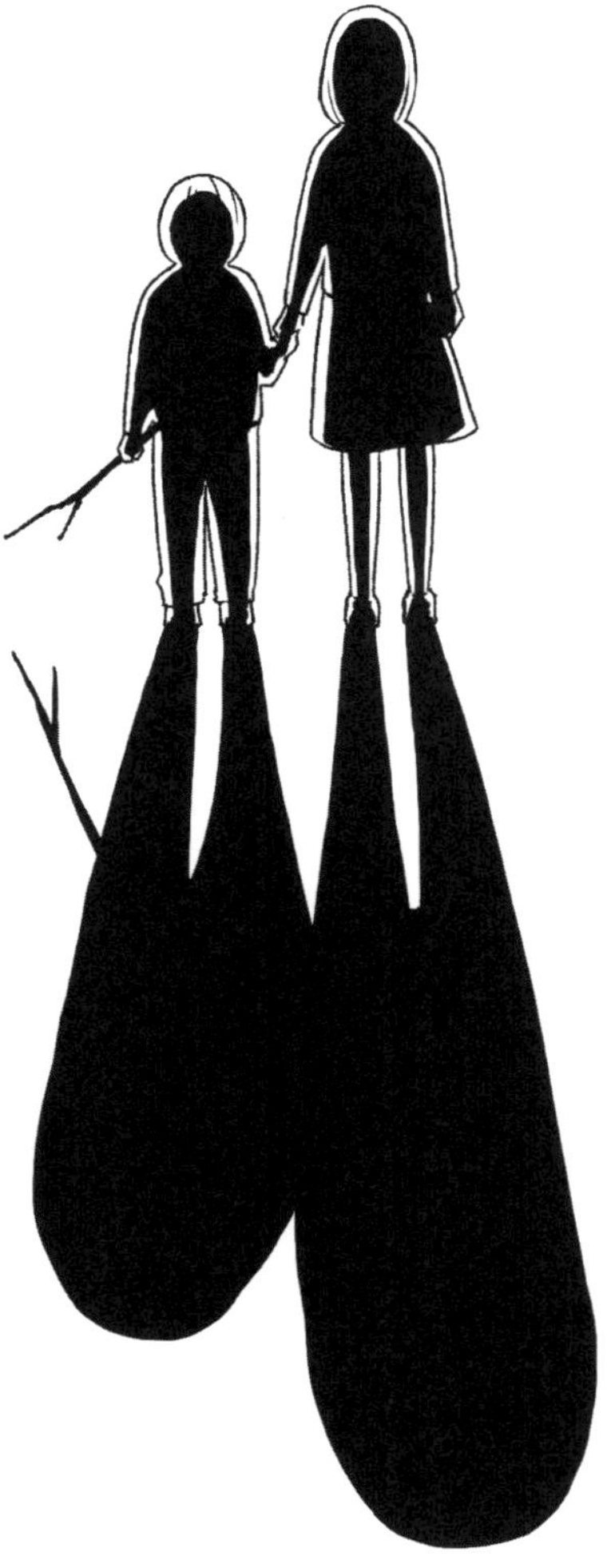

ミステリー案内人「こんばん三日坊主《みっかぼうず》、ミステリー案内人です。骨江さんは日記を書いたことがありますか？」

骨江「日記？　書いたことはあるけど、途中《とちゅう》でめんどくさくなっちゃうのよね。でもね、人の日記をチラ見するのは好きよ」

ミステリー案内人「どういうことですか？」

骨江「じゃーん！　これはとあるお屋敷《やしき》で見つけた古い日記帳！　表紙もぼろぼろだけど、何が書いてあるのか気にならない？」

ミステリー案内人「骨江さん、誰《だれ》の日記か知りませんが、勝手にそんなものを持ち出してはいけませんよ？」

骨江「大丈夫よー、ちょっとぐらいなら。……えー、持ち主は小さい頃から日記をつけていて、几帳面《きちょうめん》な性格《せいかく》だったみたいね……」

1がつ1にち　木ようび　はれときどきくもり

今日は、しんせきの人がたくさん、うちに来ました。

お年玉をたくさんもらったので、わたしはありがとうをたくさん言いました。

おおさかばんぱくは行くの？

と聞かれて、行きたいけど連れていってもらえるかわからないと言ったら、おじいちゃんのおねえさんが連れていってくれることになりました。おじいちゃんのおねえさんはおじいちゃんよりもしわくちゃで、月のクレーターみたいです。

それを言ったら、おかあさんからしかられたけど、おじいちゃんのおねえさんは、
あはは、アポロがいっぱい飛んできたからねえ、
と笑っていました。

お年玉をもらったあと、いとこたちはみんなでトランプをして遊んでいました。

わたしもさそわれたけど、みんなが弟を仲間はずれにするので、悲しくなってしまいました。

みんなはいつも、弟を仲間はずれにします。

学校でもそうなのかなと思って見ていたら、そのときもやっぱり、弟はグラウンドにぽつんと立っていました。

誰も弟と遊んでくれなくて、みんな楽しそうにサッカーをしていました。

いとこのみんなは悪い子たちじゃないはずなのに、どうしてイジワルするのかわかりません。

仕方ないので、わたしは弟と二人で遊ぶことにしました。

弟が作ったふくわらいは、口が三つ、目が六つもあって、おもしろかったです。

わたしの番になって目かくししたら、弟が顔をぺたぺた触《さわ》ってきました。

弟の手はひんやりとして、くすぐったくて、やめてと言ってもやめてくれません。

ちょっといたずらっこな弟のことが、わたしは大好きです。

1がつ5にち　月ようび　はれ

今日は、こうみんかんで町内会のもちつきでした。

おとうさんがおもちをついて、おかあさんがおもちをひっくりかえすのを、弟はおもしろそうに近くで見ていました。

あんまり弟が近くに座《すわ》ってうすをのぞきこんでいるので、わたしは弟が頭をケガしないかしんぱいでしょうがありませんでした。

おとうさんは弟の頭にきねが当たるのを気にしていないのか、きねをブンブン振《ふ》り下《お》ろしていました。

弟がふざけておかあさんの背中《せなか》を押したときは、よろけたおかあさんの頭にきねが当たるところでした。

わたしはすごくびっくりしましたが、おとうさんもおかあさんも弟をぜんぜんしかりませんでした。

二人はとってもやさしいです。弟をしかったことが一度もありません。

でも、弟が花ビンをこわしたときに、弟じゃなくてわたしがしかられたのは、ちょっとひどいと思いました。

おもちができあがってから、みんなでつきたてのおもちを食べました。

なにもつけなくても、おいしかったです。

みんなが弟におもちを配ってくれなかったので、わたしは、またイジワルするのかと悲しくなりました。

しょうがないので、わたしが二つもらって、弟と二人でこうみんかんの裏《うら》で食べました。

弟は恥《は》ずかしがりやなので、町内会の人たちともしゃべりません。

おとうさんやおかあさんとしゃべっているのも、見たことがありません。

弟が話せるのは、わたしだけです。

大人になったとき、弟が困《こま》るんじゃないかなと思いますが、わたしが弟をひとりじめしているかんじがして、ちょっとうれしいです。

3がつ21にち　土ようび　はれのちくもり

今日は、同じクラスのみっちゃんとはるちゃんが呼《よ》びにきて、近くの神社で遊ぶことになりました。

他にもおおぜい、学校の子が来るみたいだったので、わたしはゆうべから楽しみにしていました。

鬼《おに》ごっことか、はないちもんめとか、かごめかごめとか、いろんなことをやって遊びたいなと思っていました。

でも、神社の前までやってくると、弟の顔が真っ白になりました。

ぶるぶる震《ふる》えて、
ここにはすごく怖《こわ》いのがいる、入りたくない、
と言うのです。

たぶん、おばけがいたんだと思います。

わたしはみんなに、ここは危《あぶ》ないから他のところで遊ぼうと言いましたが、みんなは笑うだけで、まじめに聞いてくれません。

神社は神さまが住んでいるところだから、どこよりも安全だと、みんなは言いはります。弟の言うことを、信じてくれません。


わたしはみんなと遊ぶのをやめて、弟と二人で池のそばで遊ぶことにしました。

弟は森から木のぼうを持ってきて、池の中をひっかきまわしていました。

小さなくつとか、手ぶくろとか、ぼうしとか、変なものがいっぱい沈《しず》んでいました。

もしかしたら、オモチャも落ちているかもしれないと思って、わたしはむちゅうになって池の中を探しました。

気がついたら日がくれていて、まわりはまっくらでした。

でも、弟がもっと遊びたいと言うので、わたしは池の中を探しました。

友だちなんていなくても、弟さえいれば、毎日が楽しいです。

ずっと弟と、二人だけでいいです。

5がつ16にち　土ようび　はれのちくもり

今日は、家のこうじでした。

もうすぐ、おかあさんに赤ちゃんが産まれるので、おとうさんがへやをふやすことにしたのです。

お仏《ぶつ》だんのあったへやのかべを、ぎょうしゃの人がドリルでこわして、木の板をはがしました。

そしたら、かべの中に、お人形が入っていました。

赤ちゃんのお人形でした。

右目は取れて、目の穴《あな》のおくに、しわくちゃの紙がつまっていました。

紙を広げてみたら、スミで字がいっぱい書いてありました。字はむずかしくて、わたしには読めませんでした。

紙をひっぱり出したら、赤ちゃんの中から、カタツムリのカラがたくさん出てきました。カタツムリがはったあとが、赤ちゃんの中に残っていて、きらきら、べとべとしていました。

おかあさんは、きもちわるいと言いました。
おとうさんも、きもちわるいと言いました。
わたしは、ちょっとかわいいなと思いました。
右目が取れているところが、とくにかわいいなと思いました。

わたしはお人形をもらいたかったのに、おとうさんが捨《す》ててしまいました。
弟も、捨てさせないでと泣いていたのに、おとうさんはざんこくでした。
おとうさんはひどいです。こうじの人もひどいです。
みんなみんな、わたしたちのことが、キライなんだと思います。
わたしのみかたは、弟だけです。

5がつ17にち　日ようび　あめ

弟が、ゆくえふめいになりました。

きのうの夕ごはんのときには、もういなくて、いつまで待っても帰ってきません。

わたしは池にさがしに行きましたが、弟はいません。

学校で先生たちに聞いて回りましたが、弟はいません。

まちじゅうをさがしても、弟は見つかりませんでした。

おとうさんとおかあさんは、弟のことをなにも教えてくれません。

弟のことなんて、忘れてしまったみたいに、テレビをみています。


でも、わたしにはなんとなくわかりました。

きっと、弟は、じこにでもあって死んでしまったのです。

わたしがショックを受けるから、おとうさんとおかあさんは、そのことをわたしに教えられないでいるのです。二人はとてもやさしいのです。

わたしは、お仏だんに弟のこうぶつの貝をおそなえしました。

弟のしゃしんもかざりたかったけど、なぜか弟のしゃしんは一まいもありませんでした。家族でしゃしんをとるときは弟もいたのに、写っていませんでした。

わたしは弟の顔がよく思い出せなくなって、もっと悲しくなりました。

お仏だんの前に座って、えんえんえんと泣きました。

いつの間にかへやのでんきが消えていて、真っ暗なへやで、えんえんえんと泣きました。

どうして泣いているの?

とおかあさんがふしぎそうな顔をしていました。

6がつ24にち　水ようび　くもり

わたしがまいにち泣いているので、おとうさんがお人形を買ってくれました。

前にかべの中から出てきたお人形にそっくりの、赤ちゃんのお人形です。

まだ右目があったので、わたしは右目を取って、中にカタツムリと紙をいっぱいつめこみました。これで、本当にそっくりです。

わたしはお人形に「たろちゃん」と名前をつけて、かわいがることにしました。

たろちゃんをせんめんきに入れてお水を飲ませたり、カタツムリを食べさせたりして、いっしょうけんめいかわいがりました。

たろちゃんと一緒《いっしょ》だと、少しだけさみしくなくなる気がしました。

6がつ29にち　月ようび　くもり

目がさめたら、お人形がこわれていました。
首がちょん切られて、頭がつぶされていました。
ノコギリで切ったみたいに、首のところはギザギザになっていました。
手と足は四本ともちぎられて、お人形のおなかにつっこまれていました。
わたしはびっくりして、おとうさんとおかあさんにお人形を見せました。
二人は、
とじまりはきちんとしていたはずだけどね、
と言って、わたしの顔をじっと見ました。
なんだか、わたしがこわしたと思われているかんじがして、怖くなりました。
わたしは庭にお人形を埋《う》めて、お墓《はか》をたてました。
夜に見たら、お墓もこわされていて、お人形はいなくなっていました。
だれがイジワルしているのかわからなくて、こわいです。

7がつ30にち　木ようび　はれのちあめ

今日、弟が帰ってきました。
お仏だんのへやでねていたら、顔をぺたぺた触られている気がしたので、わたしは起きてま
わりを見ました。
だれ？
と尋ねたら、
ぼくだよ、
とへんじが戻《もど》ってきました。
弟の声でした。
わたしは弟をさがしましたが、どこにも見つかりませんでした。イタズラっ子な弟が、から
かっているのかと思いました。
きょろきょろしていると、弟が笑って、
もう見えないよ、
と言いました。

弟は、ゆくえふめいになったと思ったあとも、ずっとこのへやにいたそうです。
ただ、顔も体も見えなくなっていただけだったのです。
わたしは、ほっとしました。
弟が見えなくても、ちゃんと生きているなら、それで安心です。

これからも二人でたくさん遊ぼうね、
とわたしは弟と指切りげんまんしました。
他の子とはぜったい遊ばないでね、大変なことになるからね、
と弟が言ったので、
ぜったい遊ばないよ、
と約束しました。
わたしは弟が大好きです。

7がつ31にち　金ようび　くもりのちはれ

おとうさんとおかあさんが、変なことを言いました。

さいしょから、あなたに弟なんていないよ、
と言うのです。

せっかく、弟が帰ってきてわたしがほっとしているのに、ひどいです。

おとうさんとおかあさんは、昔からわたしがそうぞうの友だちと遊んでいるのだと思っていた、と言いました。

お正月も、もちつきのときも、みんなと仲良くしないで、一人でブツブツつぶやいていたから心配だった、と言います。

弟はそこにいるよ、とわたしが言っても、おとうさんとおかあさんはわかってくれません。

自分の子どものことをいないフリするなんて、おかしいです。

わたしは弟のことが好きなのに、おとうさんとおかあさんはイジワルです。

どうして、こんなひどいことをするんでしょうか。

わたしが泣いていたら、弟が、
二人をこらしめてあげようよ、
と言いました。
すごく、いいアイディアだと思いました。

わたしは、おとうさんとおかあさんをこらしめるどうぐを集めてきて、二人が寝《ね》ているあいだに、弟と一緒にこらしめました。

おとうさんとおかあさんをこらしめながら、弟は楽しそうに笑っていました。

わたしも楽しくて、いっぱいこらしめました。

たのしいな。たのしいな。たのしいな。

がつ　にち　ようび　あめあめあめ

さいきん、わたしの日記をかってに読んでいる人がいるみたいです。
人の日記を読むのは、いけないことです。

その人をこらしめなきゃ、
と弟が言うので、
今からこらしめに行きます。

あなたです。
この日記を読んでいる、あなたです。

こんにちは。

骨江「ちょっと！　最後のページ、血がついてて読みづらいんだけど！　これってまさか……」

ミステリー案内人「私《わたし》たちより先にこの日記を読んだ方の血かもしれませんね……」

骨江「そんな……！」

ミステリー案内人「骨江さん下がってください、怪《あや》しい黒い影《かげ》が現《あらわ》れました。日記の持ち主です。二人ともすごく怒《おこ》ってる」

骨江「案内人さん！　どうすればいいの？」

ミステリー案内人「骨江さん、彼《かれ》らに謝《あやま》りましょう。日記を勝手に持ち出しましたよね？」

骨江「そうだったわ……ほんとに勝手なことをしてごめんなさい。もうしないわ」

ミステリー案内人「たとえ相手が幽霊《ゆうれい》であっても素直に謝るのは大事です。まあ私たちも幽霊ですけどね」

順番

ミステリー案内人「こんばん立ち入り禁止《きんし》〜、ミステリー案内人です。みなさんの周りに、大人の人に行っちゃダメ、と言われている場所はありますか？　絶対《ぜったい》に入っちゃダメ、近寄《ちかよ》っちゃダメ……大人って、なんでも禁止したがりますよね。そういう場所に行ったり、こっそり忍《しの》び込《こ》んだりするのって、ドキドキするけど楽しいんですよね。……でも、大人がダメと言う理由、考えたことありますか？　どうしてそこには、入っちゃいけないんでしょうね？」

どこの田舎《いなか》にも、変な風習ってやつがあると思う。それは方言みたいなもので、その場所でだけ続いていて、その土地にいる人だけが分かる暗黙《あんもく》のルールみたいな形をしている。

おれが育ったのはべつに自然しかないのどかな田舎、というわけじゃないけれど、方言もあったし、大人になってから気づくような変な風習もあった。

おれが通っていた小学校のすぐ近くには小さな山があって、そこには古い神社が建っていた。どうしてかみんな「お笑い神社」と呼んでいて、年末年始は必ずお参りに行っていた。

子どものころ……そうだな、おれが十二歳《さい》とか、それくらいだったころ、いつも決まった四人組で遊んでいた。

ゆっちん、と呼ばれていたやつが、ある日、そこにみんなを誘ったんだ。思えば、あのときからおかしいことは始まっていた。なにしろゆっちんは読書が好きな控《ひか》えめな性格《せいかく》で、今までそんな風に遊びを提案《ていあん》するタイプじゃなかったから。

そのころのおれたちはとにかく遊ぶこと、楽しいことに飢《う》えていた。ゲーム機なんて買ってもらえなかったから、外で自分たちで遊びを見つけるしかなかった。

ゆっちんはお笑い神社の横道からさらに奥《おく》に進んだ場所にある、古びた社《やしろ》に行こうと言った。

その社のことは、みんな知っていた。

誰《だれ》もが家で一度は注意されるからだ。「あそこには行っちゃいけない」って。

といっても、親は子どもになんでもそう言うもんだ。あそこはだめ、これはだめ、あっちもだめ……いちいち真に受けていたら、おれたちは家と学校以外、どこも行けなくなっちまう。

ただ、社のことを言うのは、決まってじいちゃんやばあちゃんなんかの年寄《としよ》りだった。それも何で行っちゃいけないのかは教えてくれない。少し言葉を濁《にご》したようにして、自分でも信じていないような口ぶりで、あの社には近づかないようにな、と言うのだ。

その話をされるときは、うちの母さんだって呆《あき》れた顔をしていた。ああ、またその話か、と。母さんもそう言われて過ごしてきたんだろう。

行っちゃいけない、と言われると、行ってみたくなるのが子ども心というやつで、おれたちはさっそく放課後にその社へ行くことにした。

長い階段《かいだん》を駆《か》け上《あ》がって、神社の横手に延《の》びる砂利敷《じゃりしき》の細い小道を進んでいくと、木に囲まれた小さな広場があった。

夏だったのに涼《すず》しくて、肌《はだ》がひんやりしたことをよく覚えてる。それから、やけに静かなんだ。蝉《せみ》の声も遠くに聞こえて、明るい日差しが葉っぱの影を残しながら広場全体に落ちていて、不思議な空気が漂《ただよ》っていた。

社は神社の本殿《ほんでん》をそのまま小さくしたような形で、扉《とびら》は締《し》め切《き》られていた。階段《かいだん》が三段ばかしあって、お賽銭箱《さいせんばこ》はなかった。代わりにそこには木の台が置かれて、陶器《とうき》の瓶《びん》や真新しい果物、お菓子《かし》なんかが供《そな》えられていた。

子どもながらにも、おかしいなと感じる光景だったのは、その社が大きな石に寄《よ》り添《そ》うように建っていて、その石には太い縄《なわ》が囲うようにかかっていたことだ。

おれはあまり近づきたくないと思った。なんとなく嫌《いや》な感じがしたからだ。べつに何か知っているとか、じいちゃんたちの言いつけを思い出したから、とかではなかった。たぶん、人間の本能的《ほんのうてき》なものが反応《はんのう》したんじゃないかと思う。第六感とか、呼《よ》び方はなんでもいいけれど。

ゆっちんは言い出しっぺだったくせに、おれよりも後ろにいた。今にも逃げて帰りそうなくらい、何かにビビっていた気がする。

「へー！　おもしれー！　ちっちゃい神社じゃん！」

と良太《りょうた》が笑う。

「これ、中に入れるんやない？」

裕樹《ひろき》はためらいもせずに階段を上がって、閉ざされていた扉に手をかけていた。しかしがたりがたりと木戸が鳴るばかりで開かない。

つまんねえの、と扉を爪先《つまさき》で蹴《け》って、裕樹は階段に腰掛《こしか》けた。

「なに、開かねえの？」

「うん。鍵《かぎ》かかってる」

良太と裕樹は供えものを探《さぐ》り、食べられそうなお菓子を見つけると封《ふう》を切った。

「ゆっちん、行こうよ」

とおれは言った。

「……僕《ぼく》は、ここで、いいよ」

「ここって何もないじゃん」

「そうだけど」

と、ゆっちんは足元を見つめる。様子がおかしい。

それにしたってここに突《つ》っ立《た》っているわけにもいかなくて、おれはゆっちんの手を取って社まで引《ひ》っ張《は》っていった。

「これさ、開けられねえかな。中見たいよな」

と、栗《くり》まんじゅうをかじりながら良太がおれに言った。

あっ、と裕樹が声を上げた。

裕樹は扉の下にしゃがみ込《こ》んでいる。おれたちの方に顔を向けて、自分の足元を指差していた。おれと良太が近寄ると、裕樹は場所を開けて見えやすくした。

「あ、知ってる。南京錠《なんきんじょう》って言うんだろ、これ」

良太が言うとおり、それは古い鍵だった。錆《さ》びてはいるけれどしっかりとした作りで、とても子どもには開けられそうもない。

なあんだ、何にもねえなあ、と良太が振《ふ》り返《かえ》り、ゆっちんに「なんでこんなとこに誘ったんだよ」と言った。

「……ご、ごめん」

「仕方ないよ、ゆっちんだし」

裕樹がぼそっと言い捨《す》てて社の後ろの木立に入り、手のひらくらいの石を持ってきた。

「それどうすんの?」

おれが言うと、裕樹は石をぽんぽんとお手玉のように投げながら、「壊《こわ》せるでしょ、たぶん」と言った。

良太が歓声《かんせい》を上げた。やろうぜやろうぜ。

鍵をかけてあるということは、開けるなということだ。それをわざわざ壊《こわ》すことに抵抗《ていこう》を覚えたし、なによりバレたときに親に叱《しか》られるのが嫌だった。

「やめといた方がいいんじゃない? な、ゆっちん」

こういうとき、ゆっちんはいつも及《およ》び腰《ごし》になるタイプだ。まずリスクや危険《きけん》を気にする性格で、ルール違反《いはん》を誰よりも怖《こわ》がる真面目なやつだった。

けれどその時は、珍《めずら》しくゆっちんは止めようとしなかった。

「……い、いいんじゃない？　鍵を壊すだけだし。バレなきゃ大丈夫《だいじょうぶ》だよ」

「おっ、ゆっちんも分かるようになったじゃん」

良太が手を叩《たた》いて笑う。

裕樹は石を持って木戸の前にしゃがみ、目線だけをおれによこした。

「嫌なら帰れば？」

「嫌じゃねえよ。べつに」

「じゃあ問題なし。連帯責任《せきにん》ね」

今さらひとりだけでここを離れることもできず、おれは裕樹が石を振りかぶるのを見ているだけだった。

南京錠は見た目通りに頑丈《がんじょう》で、裕樹がなんど石をぶつけても壊れない。疲《つか》れたら良太に代わり、良太も疲れたら石はおれに差し向けられた。それが当たり前のような顔をされていて、おれは断《ことわ》ることができなかった。

木戸の前に両膝《りょうひざ》をつき、ずっしりと重たい石を振りかぶる。

がつん、と、痺《しび》れるような衝撃《しょうげき》が手首までびりりと響く。狙《ねら》いが外れて床《ゆか》を叩いたり、扉にぶつけたりする。南京錠の周りは傷《きず》やへこみだらけになっていた。

石を何度も振り下ろすのはしんどくて、息があがる。ごつごつとした石を持つ手も痛くなってくる。

隣《となり》で屈《かが》んでいた裕樹が「ゆっちん」と呼んだ。

変わらずゆっちんは社に近づこうとはしていなかったが、裕樹が呼《よ》べば突っ立っているわけにはいかなかった。おずおずと近づいてくる。

裕樹はおれから石を取ると、それをゆっちんに差し出した。

「ほら、お前の順番だぞ」

「ぼ、僕はいいよ、やらない」

「いいよ、じゃない。やるんだよ。嫌なら帰れ」

裕樹がぴしゃりと言った。おれたちの中で、裕樹はリーダーみたいな存在《そんざい》だった。周りよりも大人びていた裕樹は人を引っ張る意思の強さと、人を従《したが》わせる言葉の強さがあった。

「……わかった」

最初は嫌がるゆっちんも、最後はいつも裕樹の言う通りに行動することになる。でないと、次の日からは仲間外れにされる。

言葉にはしなくても、おれたちはそういうことを理解《りかい》していた。子どもには子どもの社会があって、ある部分では大人たちよりもシンプルで絶対的《ぜったいてき》なルールがある。あのころのおれたちのルールは裕樹だった。

ゆっちんは両手で石を受け取って、おずおずと、ひどく慎重《しんちょう》に階段を上がってきた。おれは交代するように下りた。

ゆっちんは両手で持った石を顔の横まで振り上げて、へっぴり腰《ごし》で石を叩《たた》きつける。ぜんぜん鍵にはぶつからないで、床や扉を叩いて乾《かわ》いた音を鳴らすだけだった。

「ほんと女子みたいだな」

裕樹が鼻で笑って言った。それはいつも、ゆっちんが男子たちから言われている言葉だった。ゆっちんはおれたちの中で一番小柄《こがら》だった。移動《いどう》教室のために列を作ると、いつも一番前にいた。運動も苦手で、おどおどとしていて、だから裕樹や良太からからかわれたり、なにかしらの面倒《めんどう》を押《お》し付《つ》けられたりしていた。

ゆっちんの手が止まった。肩《かた》で息をしながらうつむいていた。

「なあ、この縄ってなんだろうな？」

良太の声に顔を向ける。いつの間にやら、良太は社の横手にある岩に登っていた。冠《かんむり》のように岩にかけられた太縄を足で蹴っている。

「しめ縄ってやつだろ」

「しめ縄？　それでなにすんの？」

「さあ、知らね」

がつん、と音がして、ゆっちんが「あっ」と言った。

おれたちが顔を向けると、ゆっちんが南京錠を持ち上げていた。

「あ、開いた、よ」

「お！　まじか！　やるじゃんゆっちん！」

良太が岩から飛《と》び降《お》りてすぐさま階段を上がった。座《すわ》っているゆっちんを押しのけて木戸に手をかけた。

「鍵までかけてたんだし、宝物《たからもの》があったりして」

軋《きし》んだ音を響かせながら、木戸はあっさりと開いた。おれと裕樹は顔を見合わせた。

「なんだこれ」

と、おれたちの気持ちを良太が代弁《だいべん》した。

中には何もなかった。少なくとも、おれたちの期待に応えるようなものは、なかった。窓《まど》もない社の中は薄暗《うすぐら》く、子どもひとりが入れるくらいのスペースしかない。大人だと窮屈《きゅうくつ》だろう。

なあんだ、つまんねえの、と良太が唇《くちびる》を尖《とが》らせた。それから急に、「うわあ！」と叫《さけ》んで尻《しり》餅《もち》をついた。

良太は天井《てんじょう》を見ていた。釣《つ》られて、おれと裕樹も見上げて、うわ、と声を漏《も》らした。

「な、なんだよ、気持ち悪《わ》りぃ」

と裕樹はいつものように言ったが、その声は震《ふる》えていた。おれは何も言えないくらい、正直、ビビっていた。

天井には、笑顔《えがお》が張《は》り付《つ》いていた。

真っ白な顔に細い弓なりの目がおれたちを見下ろしていた。口は耳まで裂《さ》けるように弧《こ》を描《えが》いている。

「お面かよ。驚《おどろ》かせんなよ」

立ち上がった良太がやけに大声で言った。尻餅をついたことへの照れ隠《かく》しだろうが、おれも裕樹もそんなことを気にする余裕《よゆう》はなかった。どう考えても、そのお面は不気味だった。

「なあ、あれ、やばいよな……？」

裕樹に言う。

鍵がかけられた空っぽの社に、天井に張り付けられた笑い顔のお面。

どう考えてもただの飾《かざ》りなわけがない。かといって白い塗装《とそう》もハゲつつある古びたお面に宝物のような価値《かち》があるとも思えない。何のためにあれが天井に張られているのかも分からない。

おれたちには理解できないことが多すぎて、それがより一層《いっそう》にお面の浮《う》かべる笑顔に影《かげ》を落としているように思える。

裕樹も同じ気持ちだったらしい。引きつらせた顔のままにうなずいた。

「このままにしといた方がいいと思う。おい、良太」

言って、裕樹は一歩、二歩と後ろに下がった。おれもそれに続いて下がった。階段を踏《ふ》み外《はず》しそうになって、慌《あわ》てて飛び降りた。

おれたちを見て、良太は少し迷《まよ》った様子を見せた。

良太もそのお面にビビっていないわけがなかった。けれど意地を張ったのは、自分だけが情けなく座《すわ》り込んだ姿《すがた》を見られたことを恥《はじ》に思ったからだったと思う。

良太は「はん」とわざとらしく鼻を鳴らして、天井に向けて手を伸ばした。小さな社だったから、良太が手を伸ばせば十分にお面に届《とど》いた。

ばり、と無理やり何かを引《ひ》き剥《は》がす音が聞こえた。おい、と裕樹が引き止めたが、良太はすでにお面を持っていた。

お面と向かい合って、良太は汚《きたな》いものを触《さわ》ったように顔をしかめた。お面の表情《ひょうじょう》はおれたちからは見ることができない。お面の裏地《うらじ》が向けられていたからだ。

だから、そこにびっしりと黄ばんだお札《ふだ》が貼《は》られているのが見えた。赤黒く変色した墨《すみ》でびっしりと読めない文字が書かれている。天井から無理に引き剥がしたせいか、お札が一枚《まい》、ぺろりと剥がれて床に落ちた。

足元に落ちたお札に気づいた良太がお面を裏返し、その異様《いよう》さに気づいた。

悲鳴も上げず、表情は固まった。

そのままおれたちに顔を向けた。泣きそうな顔だった。

あのときの良太の顔を、おれは今でもはっきりと思い出せた。目は細まり、眉尻《まゆじり》は下がって、眉間《みけん》にぎゅっとシワが寄っていて、唇は強く噛《か》み締《し》められていた。いまにも泣き出しそうだった顔は、良太の、良太自身の浮《う》かべた、最後の表情だった。

次の瞬間《しゅんかん》、良太はお面を顔に近づけた。

「おい、何してんだ!」

おれは叫んだ。どう見ても、良太はそのお面をかぶろうとしていたからだ。

社の中で棒立《ぼうだ》ちになった良太はお面を両手で持って、ゆっくりと顔に近づけていく。青い影に沈《しず》んだ社の中で、お面の顔がおれたちを見ていた。弓形《ゆみがた》の目が、耳元まで裂《さ》けた赤い口が、その笑顔が、おれたちを見ていた。

「なあ、誰《だれ》だよ、笑ってるの」

と、良太が言った。

「なんだよ、この笑い声。なあ、誰かいるのか、そっち」

「なに言ってんだ。誰も笑ってねえよ。誰もいねえよ。良太、それ離《はな》せって、捨《す》てろって！」

裕樹が声を荒《あら》らげた。

良太の異様な雰囲気《ふんいき》に、裕樹もおれもどうするべきか分からないでいた。飛びかかって無理にでもそのお面を引き剥がすべきだったのかもしれない。頭のどこかではそうと分かっていても、体は動かなかった。

それどころか、一歩ずつ、裕樹と互《たが》いに様子を探りながら、おれたちは後退《あとずさ》りしていた。どちらかが前に進めば一緒《いっしょ》に行ったかもしれない。けれど、前に進んだ相手に任《まか》せて、一気に逃《に》げ出《だ》したかもしれない。そうしないとは言い切れなかった。おれたちは本当は、すぐにでも良太をそこに置いて逃げ出したかった。互いの目は、どっちが先に逃げ出すかをうかがっていた。

良太は顔をしわくちゃにして泣いていた。泣きながら、両手で掴《つか》んだお面を顔に寄《よ》せていく。

「どうしよう、どうしたらいいんだよこれ」

良太が叫んだ。

「なんで笑ってんだよ、助けてくれよ、これ、勝手に顔に」

誰も笑ってなんかいなかった。おれも裕樹《ひろき》も必死に呼《よ》びかけていた。良太、と名前を呼んでいた。

お面は良太の顔をゆっくりと覆《おお》っていく。あご、口、鼻、目、額《ひたい》……そしてついに、お面が良太の顔とすり替《か》わって、くぐもった良太の声がぴたりと止《や》んだ。

良太の手から途端《とたん》に力が抜けて、だらりと垂《た》れ下《さ》がった。

しん、と、耳が痛いほどの静けさがやってきた。蝉の声が、いつの間にか聞こえなくなっていた。

おれと裕樹は横目で視線《しせん》を交《か》わした。息がつまるような重たい緊張《きんちょう》と、背中《せなか》が冷たくなるような空気が足元から這《は》い上《あ》がっていた。

お面は空中にぴたりと静止したように良太の顔に張り付いたまま、おれたちを見ていた。純《じゅん》粋《すい》な、混《ま》じり気《け》のない、何の悪意もないような笑顔で。

あはは。

と、良太が笑った。

あはははははははははははははは。

断続的《だんぞくてき》に喉《のど》を鳴らすように、高らかな笑い声だった。良太が笑っていた。良太の顔に張り付いたお面が、笑っていた。

社の中で反響《はんきょう》した笑い声が終わりもなく響《ひび》いている。息継《いきつ》ぎもなく、良太の声で、ずっと笑っている。

それからゆっくりと、良太は右手を上げた。

おれたちは何が起きたかも分からず、ただ立っていることしかできなかった。

お面の顎《あご》からぽたり、と水滴《すいてき》が垂れた。ぽたり、ぽたり。それは良太の涙《なみだ》だった。笑いながら、良太はきっと泣いていた。

右腕《みぎうで》は裕樹を指差した。

それから、裕樹とおれの間を指差した。

そして最後に、おれを指差した。

腕はまたぱたりと落ちた。笑い声が響き続けていた。

あはははははははははははははは。

笑い声にかぶさるように、うわあ、と、おれたちの後ろで悲鳴が上がった。

振り返ると、逃げ出したゆっちんの背中《せなか》が見えた。

それがきっかけになった。あとを追うように裕樹が走り出した。だからおれも、走った。

後ろで良太の笑い声が響いている。振り返ればあのお面の笑顔が、すぐそこにある気がした。

おれたちは誰の声か分からないほどに叫びながら、必死に走った。

ようやく神社に戻《もど》ると、参拝《さんぱい》に来ていた近所のおじさんや、売店に座るおばさんがいた。それは日常だった。まるで何事もなかったみたいな光景だった。

おれたちは足から力が抜けて座《すわ》り込《こ》んで、激《はげ》しく呼吸《こきゅう》を繰《く》り返《かえ》した。息もまともにできないくらい心臓《しんぞう》がばくばくとうるさかった。

おじさんがおれたちに寄ってきて何か言っていた。何を言っているのか聞き取れなかったし、返事もできなかった。ようやく息も落ち着いたころには、おじさんは裕樹の両肩《りょうかた》を掴んで問い詰《つ》めていた。

あの社に行ったのか、扉《とびら》を開けたのか、中を見たか……そんなことを言っていた気がする。裕樹はうなずいていた。何度も。

やがて良太がお面をつけて笑い始めたこと、その場に良太を残してきたことを話すと、おじさんは裕樹を置いて、慌てて神社の奥《おく》へと入っていった。

おれはそれからのことを、よく覚えていない。

なにもかもが慌《あわ》ただしく、いっぺんに過ぎてしまったから、何がいつ起きたことなのか、記《き》憶《おく》が雑然《ざつぜん》としたおもちゃ箱のようになってしまった。どれが事実で、どれが妄想《もうそう》なのかも分からない。

事実だけを並《なら》べるとするなら、あのあと、大勢《おおぜい》の大人が神社にやってきた。おれたちの両親もそうだし、見たこともないおじさんたちに何度も見たことを聞かれた。おれたちは話すばかりで、事情《じじょう》をなにひとつ教えてもらえなかった。

そしておれは村から引《ひ》っ越《こ》した。おれは父方の祖父母《そふぼ》が住んでいた東北に移《うつ》り住《す》み、それから数年して、父さんと母さんもやってきた。

裕樹とゆっちんも同じように引っ越したというが、どこに行ったのかは分からないし、誰も教えてくれなかった。

村のことについては、家族の中で禁句《きんく》のようになっていた。何があったのか、あのお面は何だったのか。それを聞こうとしても、両親はおれを厳《きび》しく叱《しか》るだけだ。中学生になっても、高校生になっても、それは同じだった。

何度か、あの村に帰ろうと思ったことがある。あれは本当に現実《げんじつ》のことだったのか。良太はどうなったのか。それを確《たし》かめようと考えた。

けれど、事実を知ることがおれには恐《おそ》ろしく思えて、結局はその思いを日常の片隅《かたすみ》に埋《う》めたままに毎日を過ごしていた。目を背《そむ》けていれば、それは思い出の中で風化して、いつかは忘《わす》れることができるんじゃないかと思っていた。

その日常が終わり、こうして昔の思い出を掘《ほ》り返《かえ》したのは、ゆっちんがおれに会いにきたからだった。

そのころ、おれたちは大学生になっていた。けれどお互《たが》いにあのころの面影《おもかげ》を残したままで、ゆっちんはゆっちんだった。それは向こうも同じだったらしい。ふたりで顔を見合わせて笑い合った。

おれたちは喫茶店《きっさてん》に入り、向かい合ったまま近況《きんきょう》を訊《たず》ね合った。

ひとしきり話して話題もなくなり、沈黙《ちんもく》がやってきて、頼《たの》んだコーヒーのカップが空になったころ、ゆっちんが切り出した。

「良太のこと、覚えてる？」

その話題が出るのを、おれは覚悟《かくご》していたし、期待してもいた。

「……あれ、何だったんだろうな」

あのお面。あの笑顔。あの笑い声。今でも鮮明《せんめい》に思い出すことができる。

「良太、死んだんだ」

と、ゆっちんが言った。

おれは、そうか、と答えた。

それは何度も想像《そうぞう》したことのひとつだった。少なくとも、あの状況《じょうきょう》はまともじゃなかった。だから、まともじゃないことも起こるだろうと覚悟はしていた。

この世から自分が知っている友人がひとり、いなくなったということが、奇妙《きみょう》な心地《ここち》だった。

「……なんで死んだんだ？」

ゆっちんは首を左右に振《ふ》った。眼鏡《めがね》をとって机《つくえ》に置いて、その透明《とうめい》なレンズの先を見つめた。

あのころよりもずっと痩《や》せていた。

「裕樹から聞いたんだ」

「……裕樹にも会ったのか」

おれは眉をひそめた。ゆっちんの話しぶりからすると、あまり良い話題ではなさそうだ。そんな予感が強くなった。

「一ヶ月前かな、電話があったんだ。良太が危篤《きとく》らしいって。それで、もしかしたら、次は俺《おれ》かもしれないって言ってた」

「次？」

「良太は」

と、ゆっちんがおれを見上げた。その瞳《ひとみ》はひどく怯《おび》えたように揺《ゆ》れていた。

「ずっと、笑ってたんだって。精神科《せいしんか》病院に入院して、ベッドの上で、ずっと笑ってたって」

「あのお面を付けたままか……？」

ゆっちんはまた首を振った。

「お面、見つからなかったって」

「なんで……」

ゆっちんは首を振った。何度も。分からない、と繰り返した。

「おい、落ち着けよ、大丈夫《だいじょうぶ》か」

「大丈夫なわけないだろ！」

突然《とつぜん》ゆっちんが叫んだ。カウンターの向こうからマスターがこちらを見ていた。

「あんな、あんなことに、なるなんて……思わなかったんだ」

「どうしたんだよゆっちん、何のことだよ」

ゆっちんは唇《くちびる》を噛み締めた。喉を鳴らして唾《つば》を飲《の》み込《こ》み、ぽつりぽつりと話し出した。

「……あそこの鍵《かぎ》を開けたのは、僕《ぼく》なんだ」

「たしかに壊《こわ》したのはゆっちんだったけどさ」

「違《ちが》う。壊したんじゃない。開けたんだ。鍵を持ってたんだ」

いくら錆《さ》びていたって、子どもが石で叩《たた》いたくらいで鍵が壊れるとは思えなかったのはたしかだ。鍵を持っていたという方が理屈《りくつ》に合う。けれどそうなると、また別の問題が浮かんでくる。

「……なんでだ？」

聞きたいことがいっぺんに喉に詰《つ》まった。

ゆっちんは決しておれを見ようとはしなかった。

「……裕樹も、良太も、僕をいじめてたろ」

低い声で、ゆっちんは言う。おれは唇をひき結んだ。それは、と、言《い》い訳《わけ》を探した。できなかった。

当時は「いじめ」なんて意識《いしき》はなかった。おれたちは友達として「遊んで」いた。けれどこうして大人になると、それはゆっちんを標的にしたいじめだったことに気づいた。

「僕をからかったり、馬鹿《ばか》にしたり、嫌《いや》なことを押《お》し付《つ》けたり、殴ったり……そりゃ、自殺なんて考えるほどじゃなかったけど、僕は嫌だった。何も言い返せないしやり返せない自分も嫌だった」

仕返しのつもりだったんだ。とゆっちんは続けた。

「あの社のことを聞いて、良太と裕樹を怖《こわ》がらせてやろうと思った。何か起きれば良いと思ってた。でも信じてほしい、まさか、あんなことになるなんて考えてなかったんだ」

「待てよ、知ってたのか？　あれの、あの、笑ってる……」

口に出そうとしておれは言葉を止めた。否応《いやおう》なしにあの光景が脳裏《のうり》を過《よ》ぎって、その気味の悪さに気分が悪くなった。

ゆっちんも口に手を当てて、こみあげるものを堪《こら》えていた。

忘れられるわけがなかった。立《た》ち尽《つ》くして笑い続ける良太と、その顔を乗っ取った笑顔《えがお》。何度夢《ゆめ》に見たことか。

「……笑顔って、本当は良いものじゃないんだ」

とゆっちんが言った。

「……どういうことだよ」

「人間は笑うけど、動物は笑わない。笑ってるように見えても、それは人間が勝手に思ってるだけさ。それに人間だってそうだろ。笑うから幸せだとか、楽しいとか……そんなのは、イメージにすぎないんだ」

ゆっちんはそんな話をしながら笑った。たしかに、楽しそうではなかった。

「人を殴《なぐ》りながら笑うやつだって、いる。他人に苦痛《くつう》を与《あた》えながら、それを苦痛だって知りながら、笑って殴るし、笑って人を傷《きず》つける。それを横で眺《なが》めながら笑うやつも」

冷え切った声と瞳はおれにまっすぐに向けられていた。おれは何も言えなかった。

「あのお面は、デスマスクなんだ」

「……デスマスク？」

「むかし、あの村には風習があった。飢饉《ききん》や不作なんかで食料が足りなくなったら、老人を山に捨てたり、口減《くちべ》らしに殺したり、子どもを売ったり……山の神さまに、生贄《いけにえ》として人を捧《ささ》げたりしてたんだ」

「……怪談《かいだん》話みたいだな。民俗学《みんぞくがく》ってやつか？」

「そうだよ。僕は民俗学を専攻《せんこう》したんだ。あのお面について知りたくて。それにこれは作り話じゃなくて、ありふれた歴史だよ。日本中のどこにでもあった実話だ。昔の日本はそれほど豊《ゆた》かじゃない」

ゆっちんは机に置いていた眼鏡をとってかけ直した。

「僕たちが住んでいたあの村でも、そうして犠牲《ぎせい》になった人がいた。その人たちを弔《とむら》うために、仮面《かめん》を作ったんだ。今で言う写真みたいなものなんだと思う」

「……じゃあ、あれは、まだ何個《なんこ》もあるっていうのか？」

「神社の倉庫に山ほどしまわれてるらしいよ」

「じゃあなんであの一個《こ》だけ、あんな社《やしろ》に飾《かざ》られてたんだよ」

「邪気払《じゃきばら》い、って聞いたことない？」

「……お祓い、だよな？」

ゆっちんはうなずいた。

「大量に見つかったお面は、昔、神社でお祓いをしたらしい。でも、ひとつだけ、これはどうにもならないって言われたのがあった。それをあの社に置いて、時間をかけて少しずつ邪気を払ってたんだ。村人が順番に鍵を持ち回って、管理とお供《そな》えをして……何十年も、何百年も、そうしてきたんだ」

ははは、とおれは笑った。空笑いなのは自分でも分かっていた。ゆっちんは笑わなかった。

「安っぽいドラマみたいだな。呪《のろ》いのお面かよ」

「そうだよ」

ゆっちんはあっさりとうなずいた。

「村人は誰《だれ》も信じてなかった。神社の神主《かんぬし》さんだってそうだ。みんな、馬鹿馬鹿《ばかばか》しいって思ってた。でも、そう思いながら、管理を続けてたんだ」

「なんでだよ。誰も信じてないなら、なんで」

「そうやって続けてきたからだよ。自分の親から、その親はまた親から、その親はさらにその親から……何代も、何代も、続けられてきたんだ。その言いつけを守ってたんだ。あの社にはこんなお面がある、だから近づいちゃいけない、入っちゃいけない、担当《たんとう》が回ってきたら管理しろ……呪いが真実かどうかは関係なくて、そういうものだとして守ってきたんだ。それが人の生み出す伝統《でんとう》や、風習なんだ」

おれはごくり、と唾を飲んだ。ゆっちんの言葉に呑《の》まれていた。

「……あのとき、社の管理は僕の祖父《そふ》がやっていた。酔《よ》った祖父が笑いながらしてくれたその話を聞いて——あそこに呪いのお面があると知って、僕は祖父の部屋から鍵を盗《ぬす》んで、みんなを誘《さそ》った。信じてなかった。ただの悪戯《いたずら》だった。なにか、なんでもいいから、僕はみんなにやり返したかった。それが、こんなことになるなんてさ……」

ゆっちんは苛立《いらだ》っているように額《ひたい》を指で掻《か》いた。何度も、何度も。

「なあ、その神社でなんとかしてもらえないのか？　お祓いとか」

「してもらったさ。日本中、それらしいところは全部ね。でも、役になんて立たないよ。お札《ふだ》はただの紙切れ。お祓いなんて気休めだ」

「でも、マジで呪いがあるんなら、それを祓える人とか、そういうのだっているはずだろ？　霊能力者《れいのうりょくしゃ》とかさ」

自分でも馬鹿みたいなことを言っている気がした。それでも本当に呪いなんてものがあるなら、それに対抗《たいこう》できる手段《しゅだん》だってあるはずだ。

けれどゆっちんは暗い目のまま、鼻で笑った。

「そりゃたしかに昔はいたんだと思うよ。あの仮面が見つかった当時の神主さんだって、本当にお祓いができたのかもしれない。でも今の時代、どうやって神主になるか知ってる？　試験を受けて学校に行くんだよ。学校でお祓いが学べるなら僕がやってるさ」

おれは何も言えず、口を閉《と》じた。

「霊能力者とか、そういう人はもういないんだよ。だってこの時代のどこに必要があるのさ」

「じゃあ、どうすればいいんだよ」

おれはすがるようにゆっちんを見ていたと思う。答えがあるはずだと思った。きっとここから問題を解決《かいけつ》できるような方法を提案《ていあん》してくれるのだと。

でもゆっちんは、おれの目を見ようともせず、ただ「ごめん」と言った。

沈黙がずいぶんと続いた。

目の前に問題があった。でもそれを解《と》く方法も、答えがあるのかも分からないまま、ただ眺めているしかできなかった。

「……裕樹《ひろき》、入院したんだって」

と、ゆっちんが言った。

おれは無言で続きを促《うなが》した。

「裕樹のお母さんが言うには、天井《てんじょう》を見上げて、ずっと笑ってるって。泣きながら、ずっと。だから、やっぱり」

おれはあの時のことを思い出さずにはいられなかった。

笑顔のお面をかぶった良太が、裕樹を指差していた。あれは、次はお前だ、ということだった。

「良太は、八年、生きた。裕樹は何年もつか分からないけど……その次は、僕だ。それから」

ゆっちんの言葉の先は分かっていた。指差されたのは、おれが最後だった。

「もし」

と、ゆっちんが言った。

「もし、裕樹が死んだら、僕の番は飛ばして考えてほしい」

「……どういうことだよ」

「僕はあんな風になりたくない」

ゆっちんは笑った。かすかに目を細めるような、気の抜《ぬ》けた微笑《ほほえ》みだった。

「あと何年あるか分からない。なんとかする方法がないか探してみるつもりだし、逃《に》げられるだけ逃げようと思う。でも、もし、それでもどうにもならなかったら、僕は自分で死ぬ。呪い殺されるなんてごめんだからね」

それは決然とした言い方だった。考える時間は何年もあった。その中で、ゆっちんはすっかり心を決めてしまったのだろう。

おれは、どうするべきか。分からなかった。

ゆっちんは伝票を取ると席を立った。

「それじゃ、元気で」

「……ああ」

「また連絡《れんらく》するね」

ゆっちんは会計を済ませて出ていった。その背中《せなか》をおれは座《すわ》ったまま見送った。また会えるのかどうかも分からなかった。

それから、おれの人生が何か変わったわけではなかった。大学生活を過《す》ごした。アルバイトもして、恋人《こいびと》も作って、普通《ふつう》に就職《しゅうしょく》をした。他人と何も変わらない生き方だった。ゆっちんや良太や裕樹という存在《そんざい》を過去《かこ》にして、なにもかも、最初からなかったみたいに生きていた。

それでも過去からは逃げられないことを思い出させるように、ゆっちんからは毎年、手紙が届《とど》いた。

それはいつも写真の印刷された土産物《みやげもの》の絵葉書《えはがき》で、宛名《あてな》以外はなにも書かれてはいなかった。例えば、やけに青く澄《す》んだ海と見たこともない木が写っていた。砂漠《さばく》がどこまでも続いていた。都会の街並《まちな》みがあった。毎年、写る景色は変わっていった。

ゆっちんは逃げると言っていた。文字はなくても、それは日本から遠く離《はな》れた場所で「僕はまだ生きている」と伝えてくれているようだった。

ゆっちんと再会《さいかい》してから六年が過《す》ぎたその年、絵葉書はついに届《とど》かなかった。送り忘《わす》れたなんてことはないだろう。ゆっちんは真面目なやつだったから。だから、たぶん、そういうことなんだ。

おれは大人になって、たくさんのことを忘《わす》れてしまったように思う。すっかり色あせてしまった思い出の中で、あの笑顔だけが色鮮《いろあざ》やかにこびりついている。真っ白な顔に、赤い唇。裂《さ》けた頬に、弓なりになった目。そして良太の笑い声。

おれはずっと避《さ》けていた地元の同級生と連絡を取り、ようやく裕樹や良太を知るやつを見つけた。良太も、そして裕樹も、もう亡《な》くなっていることをたしかめた。

それから仕事を辞《や》めて、必要な荷物をスーツケースに詰《つ》めて、家を出た。いま、空港のロビーでこれを書いている。乗《の》り込《こ》む予定の飛行機の時間が、もうすぐだ。

これが遺書《いしょ》になるのかもしれない。どうだろう。分からない。おれはまだ、どうやって自分にケリをつけるべきか決められないでいる。

ゆっちんはもう自分でケリをつけた。それが今、はっきりと分かる。

目の前にはゆっちんが送ってくれた何枚《なんまい》もの絵葉書がある。世界中のあちこちの景色が印刷されている。この景色を眺めにいく時間が、おれにまだあるのかも分からない。

ゆっちんがついにその選択《せんたく》をしたということは、どこに逃げても無駄《むだ》だったということだ。

それでも、まあ、逃げるだけは逃げてみようと思う。

笑い声が聞こえた。

振《ふ》り返《かえ》ってみたら、両親の手を引いて、子どもが笑っていた。楽しそうに、満面の笑みを浮《う》かべている。目が弓なりに細くなっている。

そろそろ搭乗口《とうじょうぐち》に向かおうと思う。もうノートに書くこともなくなった。泣き言ならいくらでもあるけれど、書いてもしかたのないことだ。ゆっちんがおれに向けてなにひとつ文字を残さなかった理由が、いまになってよく分かる。

良太も、裕樹も、ゆっちんも、もういない。

ついにおれの順番が来た。

また、笑い声が聞こえている。さっきからずっと耳の奥《おく》で響《ひび》いている。誰かが笑っている。

その声が、どうしてか懐《なつ》かしく思える。

あはははははは。

気づけばいつの間にか、おれも笑っている。

ミステリー案内人「大人っていろんなことにダメと言います。ときには、大人もどうしてダメなのか分からないことがあるんですよ。でもみなさん、ダメと言われてる場所にはうかつに入らないようにしましょうね。もしかしたらそこには……では、ばいばいちーん！」

+KOWAIHANASHI+

ミステリー案内人さんのコワイハナシ

ジゴウジトク

体の数字

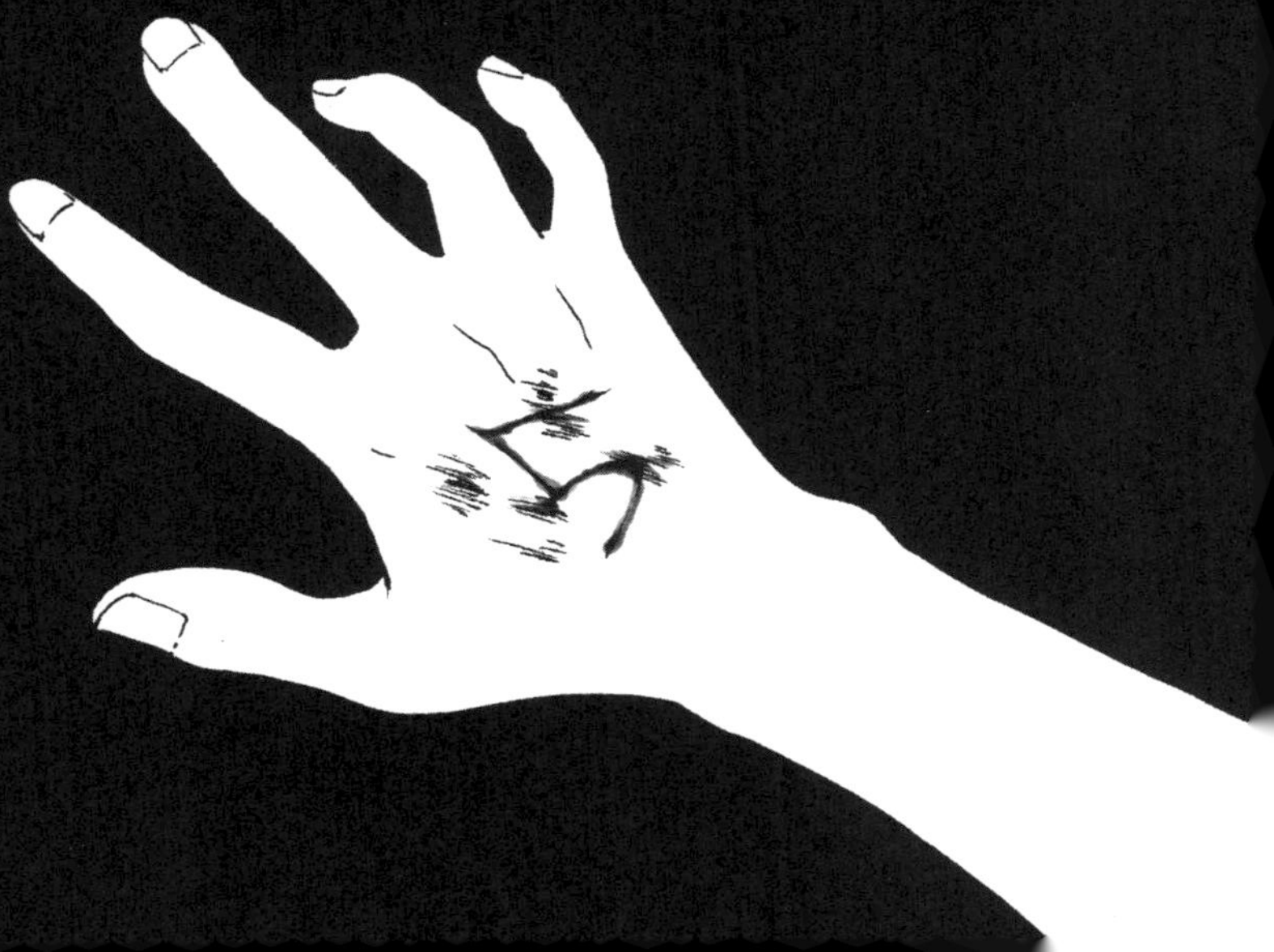

ミステリー案内人「こんばんわんだふる。ミステリー案内人です。みなさんには親友っていますか？　楽しいときは一緒《いっしょ》に笑って、悲しいときは一緒に泣き、苦しいときは助け合う。そんな友達って素晴《すば》らしいですよね」
骨江「そうかしら？　死んでからもうだいぶ経《た》つから、忘れてしまったわ～」
ミステリー案内人「何を言っているんですか、骨江さんも私《わたし》のお友達ですよ」
骨江「あらあら～、照れちゃう～」
ミステリー案内人「とはいえ、どんなに素敵《すてき》な友達とも、別れのときは来るものです。きっと誰にでも、ね」

高校二年生の由衣《ゆい》にとって、美羽《みう》は家族よりも親しい友達だ。

小学生の頃《ころ》はしょっちゅうお互《たが》いの家でお泊《と》まり会をしていたし、高校受験は同じ憧《あこが》れの有名女子校を目指し、二人で励《はげ》まし合って必死に勉強した。由衣が悩《なや》みを最初に相談するのは、両親ではなく美羽だった。

そんな親友の美羽が、遠くへ引っ越す。

電車を乗《の》り継《つ》いで遊びに行くこともできない、西の果てへ。

その見送りに空港まで来た由衣は、自分でもみっともないと思うくらい泣いていた。

「もー、由衣ってば、泣きすぎだよ」

「だって……だって……」

「可愛《かわい》いなぁ。だから由衣はみんなに好かれるんだよね。私と違ってさ」

涙声《なみだごえ》で言葉もはっきりしない由衣に、美羽が笑う。

この親友は強い。由衣だけが志望《しぼう》の女子校に合格《ごうかく》したときも、美羽は嫌《いや》な顔もせずに祝福してくれた。二人で競《きそ》ったピアノのコンクールで由衣が優勝《ゆうしょう》したときも、美羽は全力でお祝いしてくれた。今だって、涙の一つも見せようとしない。

ただ、いつも元気いっぱいで男勝《おとこまさ》りの美羽には珍《めずら》しく、今日の彼女《かのじょ》は顔色が悪かった。朝からずっと咳《せき》をしているし、空港に来る途中《とちゅう》の電車で口元を押《お》さえたハンカチには、赤い染《し》みがついていた。

「……大丈夫《だいじょうぶ》？　具合悪いの？」

由衣は心配して尋《たず》ねた。

「ちょっと風邪《かぜ》かな。由衣に移《うつ》したくないし、早めに行った方がいいかも」

「う、うん」

名残惜《なごりお》しいけれど、引《ひ》き留《と》めて無理をさせるわけにはいかない。チャットもビデオ通話もあるし、親友との繋《つな》がりがこれっきりということはない。

「じゃあ……ばいばい」

美羽が由衣に手を差し出した。

「え……なに？」

「握手《あくしゅ》だよ、握手。知らないの？」

「知ってるけど……なんで握手？」

首を傾《かし》げる由衣に、美羽はおどけたように告げる。

「愛《いと》しの君に触《ふ》れるのはこれが最後。戦地に赴《おもむ》く騎士《きし》に、姫《ひめ》の手をお貸し頂《いただ》けませぬか」

「ヅカ系《けい》？　全然いいよ」

由衣は美羽の手を握《にぎ》り締《し》めた。普段《ふだん》は由衣より少し温かい手の平が、今日は不安になるほど冷え切っている。病気でもあるのだろうか。引《ひ》っ越《こ》し先に向かう前に、倒《たお》れてしまわないだろうか。

「……ごめんね」

手を握ったまま、美羽が神妙《しんみょう》な口調でつぶやいた。

「謝《あやま》らないで。親の転勤《てんきん》はしょうがないよ」

由衣も親友にぶつけたい本音はたくさんある。学校の寮《りょう》には入れなかったのかとか、どうして直前まで引っ越しを教えてくれなかったのかとか、置いていくなんてひどいよとか。

でもそれを口に出したら、きっと歯止めが利《き》かない。美羽に迷惑《めいわく》をかけてしまうし、もっとつらい思いをさせてしまう。

だから、由衣は感情《かんじょう》を呑《の》み込《こ》んで唇《くちびる》を噛《か》んだ。鉄の味が口の中に忍《しの》び込《こ》む。自分が立っている空港の喧噪《けんそう》が遠くに聞こえ、群衆《ぐんしゅう》の汗《あせ》っぽい臭《にお》いが鼻腔《びこう》を刺《さ》す。

「また、会おうね」

血の気を失って真っ白な美羽の手を、由衣はしっかりと握り、去ってしまう友の感触《かんしょく》を確《たし》かめる。

「本当に、ごめんね」

美羽は由衣を見つめて繰《く》り返《かえ》した。

【5】

帰宅《きたく》して熱いシャワーを浴びると、由衣は少しだけ気分が上向くのを感じた。

たっぷりの湯に身を沈《しず》め、美羽が昔忘れていったアヒルの玩具《おもちゃ》が波間にたゆたうのをぼんやりと眺《なが》める。

黄色、黄色、アヒルの黄色。

ライトブルーの入浴剤《にゅうよくざい》の海。

外から聞こえてくるのは、隣家《りんか》のテレビの音だろうか。

喪失《そうしつ》の痛《いた》みは、今回が初めてというわけではない。母方の祖母《そぼ》が亡くなったのは小学五年生のときだし、それに比《くら》べたら美羽は手の届く距離《きょり》にいるのだ。

そう自分に言い聞かせ、両手で頬《ほお》を挟《はさ》み込《こ》むようにして気合いを入れる。いつまでも落ち込んでいても仕方ない。美羽だって引っ越し先で頑張《がんば》るのだから、自分も頑張らなければいけない。

風呂《ふろ》を上がって自室に戻《もど》った由衣は、右手の甲《こう》に激《はげ》しいかゆみを感じた。無意識《むいしき》に手の甲を掻《か》く。掻けば掻くほどかゆくなってきて、一心不乱《いっしんふらん》に爪《つめ》で擦《こす》る。湯とは違《ちが》う粘《ねば》っこくて温かい液体《えきたい》が、素足《すあし》の上に滴《したた》るのを感じた。

「え……何これ……」

手の甲に視線《しせん》をやった由衣は、身をこわばらせる。風呂に入る前は綺麗《きれい》だったはずの皮膚《ひふ》が醜《みにく》く剥《は》げ、血が込み上げていた。

皮膚が剥げた跡《あと》には、奇妙《きみょう》な数字が刻《きざ》まれている。

5、と。

きっと偶然《ぐうぜん》だろうと思うけれど、その数字の輪郭《りんかく》はあまりにもはっきりとしている。ひりつくような痛みが、目の前の光景が夢《ゆめ》ではないと教えてくれる。

由衣は急いでティッシュを取り、手の甲や腕《うで》の血を拭《ふ》いた。リビングの救急箱から消毒液と塗《ぬ》り薬《ぐすり》を持ってきて、応急《おうきゅう》手当をする。薄気味《うすきみ》悪《わる》い手の甲を視界《しかい》に入れたくなくて、包帯を分《ぶ》厚《あつ》く巻《ま》きつける。

由衣はベッドに横たわった。呼吸《こきゅう》が荒《あら》い。ただでさえ親友の引っ越しで弱っているところに、こんなアクシデントは心臓《しんぞう》に悪い。胃の奥がむかついて、苦い味が口の中に広がっていく。

由衣は無傷《むきず》な左手でスマートフォンを操作《そうさ》し、美羽にメッセージを送る。

『手に数字みたいなのが出てきた。気持ち悪い！』

すぐに既読《きどく》はついたが、なかなか返事はない。即《そく》レスが基本《きほん》の由衣とは逆《ぎゃく》に、美羽は一週間ぐらい返事を忘れていることもよくあるのだ。親友のずぼらな性格《せいかく》には、由衣も慣れている。

明日には治っていますように、なんて思いながら、その夜は眠《ねむ》りに就《つ》いた。

【4】

翌朝《よくあさ》、由衣は目を覚ますなり、右手の包帯を解《ほど》いた。

手の甲の数字が消えていないことに失望する以前に、そこにはもっと恐《おそ》ろしいことが起きていた。

昨夜は「5」だったはずの数字が、「4」に変わっていたのだ。

数が減《へ》っている。

カウントダウンみたい、と一瞬《いっしゅん》思ってしまい、その考えを振《ふ》り払《はら》う。あり得ない。自分の体でカウントダウンが進む病気なんて、聞いたことがない。数字を指でなぞってみると、皮膚に激しい痛みを覚える。

由衣は手に包帯を巻き直し、リビングに隣接《りんせつ》するオープンキッチンへ向かった。

共働きの両親のため朝食の当番をやるようになったのは、由衣の提案《ていあん》だ。昨日は美羽の見送りで忙《いそが》しかったから、今日はきちんと約束を果たさなければならない。

由衣はトースターにパンを仕込《しこ》んでから、ベーコンエッグとサラダを作る。きつね色に焼けた食パンにバターを塗《ぬ》り、各自の皿に置いていく。

準備《じゅんび》を終えてテレビをつけ、あいかわらずの物騒《ぶっそう》なニュースを眺《なが》めていると、キッチンに寝《ね》起《お》きの母親がやって来た。乱《みだ》れた髪《かみ》を直しながら、鼻にシワを寄せる。

「ちょっと……変な臭いするんだけど。ガス漏《も》れ？」

「えっ」

由衣が立ち上がってコンロのところへ行くと、点火スイッチが入れっぱなしだった。火は消えていて、ガスの漏れる小さな音がする。由衣は慌《あわ》ててスイッチを切り、換気扇《かんきせん》をつけた。

母親が肩《かた》をすくめる。

「気をつけてね。寝《ね》ているあいだに爆発《ばくはつ》は困《こま》るから」

「ごめん。全然気づかなかった……」

「すごい臭いしてたでしょ」

「分かんなかった……風邪でも引いてるのかな」

そういえば、トーストやベーコンエッグの匂《にお》いもしない。鼻が詰《つ》まっているわけでもないのに、嗅覚《きゅうかく》が完全に死んでいる。

父親もキッチンに入ってきて、由衣は釈然《しゃくぜん》としない思いを抱えながら朝食を済《す》ませた。匂いが分からないせいで、ベーコンの味もいつもと違う。

自室に戻ってスマートフォンを確かめるが、まだ美羽からの返信は届《とど》いていなかった。

【3】

次の日には、手の甲の数字が「3」になっていた。

学校帰りの喫茶店《きっさてん》、クラスの女子グループでテーブルを囲み、最近噂《うわさ》のメロンパフェを注文する。バイト禁止《きんし》の学校に通っている身としては、結構《けっこう》痛い金額《きんがく》だけれど、誘《さそ》いを断《ことわ》って仲間はずれになるのは怖《こわ》い。

クラスメイトたちは、大喜びでパフェを頬張《ほおば》っている。

「わー、メロンあまーい！」「口の中でとろけるよー！」「クリームもふわふわー！」「インスタに写真載《の》せて自慢《じまん》しちゃお！」「ね、すっごいおいしいね！」

隣の女子に共感を求められ、由衣はぎこちなくうなずく。

「う、うん……」

「あれ？　由衣ちゃん、あんまり好みじゃなかった？」

「そういうわけじゃないんだけど……」

「じゃあ、どうしたの?」

「…………」

口をつぐむ由衣。

好みかどうかさえ分からない。

味が、しないのだ。

メロンはべとついた粘土細工《ねんどざいく》を食べているみたいだし、クリームは石けんの泡《あわ》を呑み込んでいるかのよう。トッピングのフレークは砂《すな》を噛《か》み締《し》めている感じがして、ただひたすらに苦痛《くつう》だ。

朝からずっとそうだった。風邪で舌《した》がおかしくなっているのだろうと思い、そのうち回復《かいふく》するはずだと期待していた。昼食のサンドイッチも、革靴《かわぐつ》でも食べている気分に苛《さいな》まれながら、なんとか喉《のど》の奥に押《お》し込んだ。

味覚が死んでいる。そのことがどれほど苦しいかというのを、由衣は初めて知った。クラスメイトたちの騒々《そうぞう》しい会話を聞き流しながら、スマートフォンで味覚について調べる。亜鉛《あえん》不足だと味覚が弱くなることもあるらしいと知り、帰りにサプリメントを買っていこうかと考える。

「……で、由衣ちゃんはどうする？」

「え、何が？」

急に隣の女子から尋ねられ、由衣は聞き返した。

「だからー、これ終わったらサイゼでも行こうかって話」

「……今日はやめとく」

これ以上、口にモノを入れるという行為《こうい》をしたくなかった。

目の前に残っているパフェのメロンが、食べ物というよりバッタか何かの昆虫《こんちゅう》に見える。嫌な緑色。今にも動き出しそうだ。いつもなら楽しめるはずなのに、見ているだけで吐《は》き気《け》を催《もよお》した。


【2】

「ねえ、その足、おかしくない……？」

体育の授業《じゅぎょう》が終わり、教室で椅子《いす》に座《すわ》っている由衣に、クラスの女子が恐《おそ》る恐る訊《き》いた。

「え……？」

由衣が視線を下ろすと、足が奇妙な方向にねじ曲がっていた。すねが湾曲《わんきょく》し、膝《ひざ》が逆に折れているのだ。

「あれ……？　どうしたのかな……？」

由衣はもっとよく確《たし》かめようと、椅子から立ち上がった。その拍子《ひょうし》にバランスを崩《くず》し、無様《ぶざま》に倒《たお》れ込《こ》む。何かが折れるような音がした。膝から血が溢《あふ》れる。クラスメイトの悲鳴。

恐ろしいことになっているのは頭で理解《りかい》できるのに、実感がない。

なぜなら……まったく痛《いた》くないのだ。

これほどの傷、普通《ふつう》だったら気絶《きぜつ》するくらい痛いはずなのに。

折れた骨《ほね》を治そうと、由衣は両手で無理やり押す。指が足を掴《つか》んでいる実感がない。いや、感触がない。

また、何かが折れるような音。今度は指から血が流れ出す。

「あれ……？　なんで……？」

制服《せいふく》を赤黒く染《そ》めながら、由衣は首を傾《かし》げた。

救急車で病院に運ばれ、緊急治療《きんきゅうちりょう》を受ける。

麻酔針《ますいばり》を刺されるときの痛みもないまま、由衣は自分の皮膚が継《つ》ぎ合《あ》わされるのを他人事《ひとごと》のように眺《なが》めていた。壊《こわ》れた人形を縫《ぬ》い合《あ》わせているみたいで、現実感《げんじつかん》がない。横たわっている寝台《しんだい》の感触もなくて、悪夢《あくむ》の中の出来事のようだ。

治療が済み、呼《よ》び出された母親と共に、医者の説明を聞く。

「左足の複雑骨折《ふくざつこっせつ》。指の骨も三本折れています。それも問題なんですが、もっと心配なことがありまして……」

「なんでしょうか……？」

母親が真っ青な顔で尋《たず》ねる。

「どうも痛覚《つうかく》が麻痺《まひ》しているようなんです。痛覚というより、触覚《しょっかく》全体ですね。そのせいで力加減《かげん》ができず、骨折してしまったのかと」

「重い病気、なんでしょうか」

首を横に振《ふ》る医者。

「CTとMRIを撮《と》りましたが、脳《のう》には特に異常《いじょう》がありません。精神的《せいしんてき》なものかもしれません。ストレスで感覚が鈍麻《どんま》するのは、稀《まれ》にあるケースです」

「そういえば……この子、仲良しの友達が最近引っ越してしまって……」

「原因《げんいん》はそれかもしれませんね。思春期の女の子は繊細《せんさい》ですから」

納得《なっとく》したという感じに、医者がうなずく。母親も釣《つ》られてうなずく。不可解《ふかかい》な現象《げんしょう》に、なんとか分かりやすい説明が欲《ほ》しいのだ。たとえ欺瞞《ぎまん》であろうと、自ら騙《だま》されて安心したいのだ。

だが、由衣は安心できない。ストレスなんてものじゃない。右手の甲にはしっかりと数字が刻まれ、その部分だけ激しい熱に苛まれているのだ。

「あの……これって、なんだと思いますか？」

由衣は右手の甲を医者に差し出した。三本の指に包帯が巻《ま》かれている。

「何って……骨折だよ？」

訝《いぶか》しげに答える医者。

「そうじゃなくて、この手の甲に浮《う》かんでる数字です」

「数字……？」

「ほら、『2』って描《か》いてあるじゃないですか」

「どこに、かな……？」

小さな文字を見逃《みのが》すまいとするかのように、医者が手の甲に目を近づける。そんなに近づかなくても、数字は手の甲全体に広がって存在《そんざい》を誇示《こじ》しているのに。

由衣は嫌《いや》な予感がした。耳の奥《おく》で、血管がうるさく鳴っている。

どくん、どくん。今にも破裂《はれつ》しそうに。

「もしかして、見えてないんですか」

「見えてないというわけじゃないが……」

医者が言葉を濁《にご》した。母親と心配そうに顔を見合わせる。

見えていないのだ、この人たちには。いや、恐《おそ》らく他の誰《だれ》にも。

この数字が見えているのは、自分だけ。

数は、毎日減っている。


【1】

耳が聞こえなくなった。

朝、目が覚めたとき、妙《みょう》に世界が静かだと思った。鳥の鳴き声もしないし、早くに出かける車の音もしない。冬空を満たす静寂《せいじゃく》の音色すら聞こえない。

これ以上、共働きで忙《いそが》しい両親に迷惑《めいわく》をかけたくなくて、由衣は黙《だま》って二人を見送る。味がしないから食事を取る気にもなれず、松葉杖《まつばづえ》を突《つ》いて家を出た。

味覚、嗅覚、触覚、聴覚《ちょうかく》の消えた世界は虚《うつ》ろで、方眼紙《ほうがんし》の枠《わく》の中を歩いているかのようだ。

すべてが無骨《ぶこつ》な機械に見え、そこに居《い》る自分もまた機械。

数字が減るにつれ感覚が消えていっているのは、なんとなく分かった。

けれど、なぜそういうことになってしまったかは、さっぱり分からない。

頼《たよ》りない足取りで学校へ向かっていると、突然《とつぜん》、視界が揺《ゆ》れた。体が飛ぶ。手足が折れる。

車から人が慌てて降《お》りてくる。

(ああ……私《わたし》、車に轢《ひ》かれたんだ)

冷静な絶望《ぜつぼう》に呑《の》み込《こ》まれながら、ぼんやりと思う。音がしないせいで、後ろから車が接近《せっきん》しているのに気づかなかった。

痛《いた》みはなく、頭から流れる血が美しい。周りを取り囲む人々の心配そうな顔がおかしくて、喉から空笑いがこぼれた。


病院での縫合《ほうごう》治療、再度《さいど》の精密検査《せいみつけんさ》。幸い、命に別状《べつじょう》はなかった。

聴覚にも異常はないらしく、医者は首を傾《かし》げていた。

両親が車で由衣を連れ帰り、自室のベッドに寝《ね》かせる。子供《こども》をあやすように毛布《もうふ》をかけ、やたらと優《やさ》しい目つきで見守る。

『しばらく学校は休んで家でのんびりしたらいいよ』

『由衣はちょっと頑張《がんば》りすぎただけだから』

メモ帳を使っての筆談。

きっと両親はまた、医者からストレスが原因とでも言われたのだろう。

そんなはず、ないのに。早く学校に行って、クラスのみんなとおしゃべりしたいのに。こうしているあいだにも、教室は由衣のいない社会として完成されていく。

両親が部屋を立ち去ると、由衣は枕元《まくらもと》のスマートフォンを手に取った。

この数字はいったいなんなのか。数字が尽《つ》きたらどうなるのか。必死にネットで情報《じょうほう》を探《さが》すが、何も見つからない。

変わっていく自分の体が恐《おそ》ろしくて、誰も分かってくれない孤独《こどく》が堪《た》えられなくて、返信のない親友に繰《く》り返《かえ》しメッセージを送る。

『怖い』

『怖いよ』

『どうしたらいいの』

『なんで、返事くれないの』

『美羽、助けて』

【0《ゼロ》】


視界《しかい》が、暗く狭《せば》まっていく。

手の甲《こう》の数字が、『1』から形を変え始める。

最後の感覚が消える日が来たというのは、由衣にも分かった。解決策《かいけつ》は見つかっていない。医者にも、他の誰にも見つけることはできない。

濃密《のうみつ》な闇《やみ》に押《お》し潰《つぶ》されそうになって、由衣は家から抜《ぬ》け出《だ》した。呼吸《こきゅう》が苦しい。食事を満足に取れていないせいか、四肢《しし》の力も萎《な》えている。

何も味わえない。

何も嗅《か》げない。

何も聞こえない。

何も感じない。

すべてを奪《うば》い去られていく絶望に、よろめきながら歩く。松葉杖にすがり、包帯から滲《にじ》む血を地面に垂《た》らし、枯《か》れ果《は》てた吐息《といき》を喘《あえ》がせる。

どこへ逃《に》げたら、この闇に呑み込まれずに済《す》むのだろう。手の甲の数字は皮膚《ひふ》を溶《と》かしながら燃《も》え盛《さか》り、爪《つめ》が無残に剥《は》がれ落《お》ちていく。由衣は必死に歩道橋の手すりに掴《つか》まり、古びた階段《かいだん》を上っていく。

あ、と思ったときには、足が滑《すべ》って体が宙《ちゅう》を舞《ま》っていた。

通りすがりの男性《だんせい》が、とっさに由衣の手を掴んで助ける。

直後、男性の手の甲に数字が表れるのを見て、由衣の背筋《せすじ》が凍《こお》った。

0。数字が男性の手を焼き尽くし、皮膚が歪《いびつ》な塊《かたまり》と化す。

由衣の手の甲から数字が消え、音が戻《もど》ってくる。視界が戻ってくる。匂《にお》いが戻ってくる。全身の痛みが戻ってくる。

男性は言葉にならない叫《さけ》びを上げ、地面を転がってもがき苦しんでいた。自分の耳を引きちぎらんばかりの勢いで引っ張り、目を掻《か》きむしる。一瞬《いっしゅん》にして萎《しな》びた唇《くちびる》の端《はし》から、紫色《むらさきいろ》の泡が醜《みにく》く溢れる。

「だ、誰《だれ》か！　誰か救急車を！」

由衣は泣きながら助けを叫び求めた。


奇妙《きみょう》な数字が消えてから、一ヶ月が経《た》った。

松葉杖は手放せないが、由衣の体力は戻《もど》り、普通に学校へ通うことができている。溶けていたはずの手の甲の皮膚も、あれが幻《まぼろし》だったかのように治っている。

「行ってきます」

今日も朝食の準備《じゅんび》と後片付《あとかたづ》けを済ませ、由衣は自宅《じたく》を出発する。

道沿《ぞ》いの民家には色とりどりの花が咲《さ》き誇《ほこ》り、かぐわしい香《かお》りを漂《ただよ》わせている。ミツバチの飛《と》び交《か》う羽音、背中《せなか》に感じる太陽の熱が心地《ここち》良い。

何もかも終わったように思えるけれど、由衣には未《いま》だに分からないのだ。

あのまま数字が0になっていたら、自分はどうなっていたのか。

どうして親友は、由衣の手を握《にぎ》りながら『ごめんね』と言っていたのか。

なぜ親友からは、一度もメッセージの返事が来ないのか。

手の甲の皮膚が、ジクジクと気味悪くうずいた。

骨江「助かって良かったけど、怖《こわ》い呪《のろ》いだったわね。放っておいたら、あたしみたいに骨になっていたのかしら？」
ミステリー案内人「恐らくそうでしょうね。この世にいなかったかもしれません」
骨江「美羽さんは、分かってて由衣さんに呪いを移《うつ》したのかしら……？」
ミステリー案内人「さあ、そこは神のみぞ知る、知らぬが仏《ほとけ》ってところでしょう。親友だから助け合いたいと思ったのかもしれませんね」
骨江「助け合うどころか、返事もせず逃《に》げちゃってるじゃない！」
ミステリー案内人「困ったものですね」
骨江「ところで、あたしたちにも別れが来るって本当？」
ミステリー案内人「そうですね、骨江さんが天国に行ったらお別れですよ」
骨江「まあ!! 寂《さび》しいじゃない！ ううう……」
ミステリー案内人「でもそれはまだまだ何千年、何万年先のお話です」
骨江「え？ あたしってそんな先まで成仏《じょうぶつ》できないってこと!? ある意味ショック～！」

ミステリー案内人「こんばん雨降《あめふ》り。ミステリー案内人です。みなさん、大事なものをなくしてしまったことってありませんか？」

骨江「あるある！　そういうときってすごく焦《あせ》っちゃうのよね。朝のお出かけ前とかとくに！」

ミステリー案内人「それであちこち探《さが》し回るんです。部屋中をかき回して、それでも見つからない。でも諦《あきら》められない。だから、ずっと探し続ける。あなたにも、そんな大事なもの、ありますよね？」

放課後のホームルームが終わると、教室はとたんに騒《さわ》がしくなった。みんなは帰る準備を始めている。椅子《いす》を引きずる音があちこちで響《ひび》いた。

景子《けいこ》は教科書をランドセルにしまいながら、窓《まど》の外を眺《なが》めた。暗い空だった。定規《じょうぎ》でまっすぐに引いたみたいに雨の線が繰《く》り返《かえ》されている。朝に見た天気予報《よほう》では、降り始めた雨は夜まで続くらしかった。

「ねえ聞いた?」

と、前の席の瀬奈《せな》がくるりと体を回した。

「聞いたって、何を?」

「幽霊《ゆうれい》だよ、幽霊!」

その響《ひび》きがもう面白《おもしろ》いというみたいに、瀬奈はきゃははと笑った。

「あのね、ほら、先月の、六年生の人が交通事故《じこ》にあったって言ってたでしょ?」

たしかに先月、朝のホームルームで先生がそう言っていたことを景子も覚えていた。下校中に車にひかれたという。

——皆《みな》さんも気をつけるように。いいですね。

——せんせぇ、その子、死んじゃったんですかぁ?

手を上げて、やけに明るい声で聞いたのは、たしか瀬奈だったはずだ。

先生はかすかに眉《まゆ》をひそめて、入院中だと答えた。

「死んじゃったんだって」

えっ、と現実《げんじつ》に引《ひ》っ張《ぱ》り戻された。

景子は瀬奈の顔を見返した。瀬奈は口元に笑《え》みを浮《う》かべたままだった。

「うちのお母さん看護師《かんごし》でさ、ほら、このあたりの病院ってあそこしかないでしょ？　でさ、死んじゃったのさ、先週なんだって！　ひどいよね？　ずっと内緒《ないしょ》にしてるなんて！　先生もなんにも言わないし！」

瀬奈は景子の机《つくえ》をばんばんと叩《たた》いた。

「わたしたち、五年生だし……六年生の人たちはもう知ってるんじゃない？」

景子はおずおずと言った。瀬奈は無視《むし》して、それでさあ、と声を高くした。椅子を回して景子と正面に向かい合って、顔をぐっと寄せた。

「出るんだって、幽霊」

「……その、六年生の人の？」

「学校から駅に行く途中《とちゅう》にちっちゃい交差点があるでしょ。郵便局《ゆうびんきょく》の前の。あそこ」

景子は思わず「やだ」と声に出していた。そこは景子の通学路だった。

瀬奈はそんな景子の反応《はんのう》をじっと見て、目を弓なりに細めてにんまりとした。

「雨の日にね、信号のそばにね、立ってるんだって。傘《かさ》もささないで、うつむいて、髪《かみ》が雨でびしょびしょで、ぼうっとね、道路の方を向いてるの」

「ちょっと、やめてよ」

「傘を持ったまま横を通るとね、声をかけられるんだって」

そこで瀬奈は言葉を止めた。景子は息を止めて続きを待った。

「——傘をなくしたんです。赤くて、二匹《ひき》の黒猫《くろねこ》の模様《もよう》なんです。どこにもないんです……って。それでね、もし、同じ模様の傘を持ってたら、あの世に連れていかれちゃうんだって」

えっ、と景子は息をのんだ。顔が強張《こわば》るのが自分でも分かった。

瀬奈は景子を見ていた。じいっと、観察するみたいに。

すると突然、瀬奈がお腹《なか》を抱《かか》えて笑いだした。

それで景子もようやく自分がからかわれていたことに気づいた。

「もう、やめてよ瀬奈！」

「だって景子の顔、すっごくおかしかったんだもん。怖《こわ》かったでしょ？」

もちろん怖かったけれど、それを素直《すなお》に認《みと》めるのはいやだった。景子は「知らない」と顔を窓に向けた。雨は少しだけ強くなったように見えた。

「雨かあ。つまんないなあ」

同じように窓の外を見ながら瀬奈が言う。

瀬奈は活発なタイプで、放課後には男子とよくグラウンドで遊んでいた。明るくて、おしゃべりが上手で、運動が得意で、そういう性格《せいかく》に短めの髪が似合《にあ》っていて、顔も可愛《かわい》い。だから男子に人気がある。そういう瀬奈を見るたびに、景子は特徴《とくちょう》もない自分の見た目や、言いたいことを素直に言えない性格が恥《は》ずかしくなる。

教室の外から瀬奈を呼《よ》ぶ声がした。

見ると、男子と女子の混《ま》ざったグループがいる。瀬奈は教室に響《ひび》くような声で返事をして、ランドセルを持って立ち上がった。

「みんなと一緒《いっしょ》に帰るんだけど、景子もくる？」

その誘《さそ》いに、景子は首を横に振《ふ》った。

「ううん、ちょっと、用事があって」

瀬奈は少し黙《だま》った。そしてにこりと笑った。

「そっか。じゃあまた明日ね」

「うん」

手を振って瀬奈が帰ろうとして、なにか大事なことを思い出したみたいに振り返った。

「そうだ、帰り道、気をつけてね？」

「えっ」

「幽霊、ほんとにね、出るんだって」

にやりとしたいやな笑顔《えがお》を見せてから、瀬奈は教室を出ていった。楽しげに話す声が廊下《ろうか》に響きながら、ゆっくりと遠くなっていく。

景子は下唇《したくちびる》を噛《か》んだ。窓の外を見る。さっきまではただの雨の日の空だった。なのになぜか急に、暗い雲が不気味な顔をしているみたいに思えた。

景子はランドセルを背負《せお》った。帰らないわけにはいかないし、暗くなってしまうとますます帰りづらい。

本当に用事があればよかったのに、と思った。

瀬奈に誘《さそ》われてとっさにああ言ったけれど、景子はうそをついた。それに瀬奈は気づいただろうか、と心配になる。

きっと、気づいていただろう。

瀬奈はテストの成績《せいせき》はよくないけれど、人の気持ちを察する能力《のうりょく》に長《た》けていた。だから、すぐに誰《だれ》とでも仲良くなれる。学年中に友達がいるのだ。

その輪に加わることができれば、景子ももっと学校が楽しめるかもしれないし、友達も増《ふ》えるかもしれない。けれど、きっと、自分はうまくやれないだろうと思った。瀬奈の隣《となり》で愛想笑《あいそわら》いを浮《う》かべている自分を想像《そうぞう》して、気が重くなる。

景子は階段《かいだん》を降《お》りて、下駄箱《げたばこ》に向かった。

靴《くつ》を履《は》き替《か》えて、傘立てから自分の傘を探した。

景子は赤い傘を取った。先週、新しく買ってもらったばかりのお気に入りの傘だ。

外に出ると、色とりどりの傘をさして帰る児童たちがいる。

傘を広げようとして、景子は少し迷《まよ》った。

男子児童が二人、景子を追《お》い越《こ》して、傘もささずに外に出ていった。手には傘を持っている。忘《わす》れたわけでもないのに、どうして傘をささないんだろうかと、景子は不思議に思った。

自分もささないで帰ろうかと思った。でも、全身を濡《ぬ》らして帰ったら、お母さんに心配されるだろう。なんと言《い》い訳《わけ》したらいいのかも分からない。

景子は少しだけため息をついて、傘を開いた。真っ赤な傘の縁《ふち》に、二匹《ひき》の黒猫が座《すわ》っている。

どうして瀬奈は知っていたのだろう、と思った。一昨日《おととい》も雨だったから、その登下校のときに見られたのだろうか。

まさか本当に偶然《ぐうぜん》……と考えて、景子は首を振った。瀬奈の作り話に違《ちが》いないのだ。からかわれただけだ。

いつまでも怖がっている自分がなんだか悔《くや》しかった。

傘をさして外に出ると、雨粒《あまつぶ》が傘を打つ音が響いた。水たまりを避《さ》けて歩いていく。

校門の前には横断《おうだん》歩道があって、先生が立っていた。

通り過《す》ぎる児童たちに、気をつけて帰るようにと声をかけている。そういえば、先生がこうして学校の前や近くの横断歩道に立つようになったのは、先月の交通事故があってからだったはずだ。

景子は校門を出て右に曲がった。しばらく学校の敷地《しきち》に沿《そ》うようにまっすぐに歩いていく。前にも後ろにも誰かが歩いていたけれど、道をひとつ、ふたつと曲がるうちに、どんどんと人が少なくなった。

郵便局の交差点が見えるころには、景子の他に児童の姿《すがた》は見えなくなっていた。

雨はよりいっそう強くなっていた。風が出てきたようで、雨粒は斜《なな》めに足元まで吹《ふ》き込《こ》んでくる。靴下《くつした》が濡《ぬ》れ始めていた。

景子は傘を斜めにして、柄《え》から伸《の》びる冷たい棒《ぼう》を深く持った。視界《しかい》は真っ赤に遮《さえぎ》られて、それが少しだけ安心感を生んだ。

ガードレールのない歩道の横を何台もの車が通り過ぎていく。だんだんと交差点が近づいてくる。知らず知らず、緊張《きんちょう》している自分に気づいた。

瀬奈の作り話なんだから、と自分に言い聞かせた。

帰り道を変えたってよかった。でも、それだと、なんだか瀬奈に負けた気がしたのだ。瀬奈の作り話に影響されて、帰り道を変えるのは嫌だった。それは自分の中にある小さなプライドだったのかもしれない。

と、傘で遮られた視界の先に、横断歩道の前で立ち止まる脚《あし》が見えた。自分と変わらないサイズの白とピンクのスニーカーだ。他にも下校中の児童がいたらしい。

きっと信号が赤だから待っているのだろうと思って、景子もその後ろに並《なら》んで止まった。水たまりにいくつもの波ができている。前に立っている女の子の、長い髪が映《うつ》っている。

服の隙間《すきま》から冷たい風が入ったように背中《せなか》にぞわりと寒気がした。雨のせいで気温が下がっているのかもしれない。

早く帰りたいな、と思う。

そうして立ったまま、どれくらい待っていたのだろう。おかしいな、と景子は顔をあげた。

この交差点は小さなもので、信号はすぐに変わるはずだ。けれど前にいる女の子はじっと立ったままでいる。

ふと、違和感《いわかん》に気づいた。

靴の先がこちらを向いている。

さっきまでは横断歩道の方へ向いていたのに、振り返っている。

靴も、靴下も、ぐっしょりと濡れていて、ピンク色の模様だと思ったそれが、景子の見間違《みまちが》いだったことにも気づいた。

それは何かが飛び散ったあとに、洗《あら》い流されて薄《うす》まって、それでも落ちないで残った汚《よご》れのようだった。もともとはもっと濃《こ》くて、赤い液体《えきたい》が。

景子はおそるおそる傘をあげた。予感があった。体はほとんど反射的《はんしゃてき》に動いていた。確《たし》かめようと思ったわけではなくて、自然とそうしていた。

女の子が立っていた。

ランドセルを背負って、うつむいている。

長い髪はぐっしょりと濡れて顔に張《は》り付《つ》いてしまって、目元まで隠《かく》れていた。

だらりと両手を力なく下げて、右肩《みぎかた》だけが奇妙《きみょう》に斜めになったまま、ふらりふらりと体を前後に揺《ゆ》らしている。白いシャツのお腹《なか》のあたりが、赤黒く変色しているのを、景子は見た。

「ねえ」

と、少女が言った。

ひっ、と景子の喉《のど》が音を鳴らした。

まるで教室で話しかけるみたいに普通《ふつう》の声音《こわね》で、それが見た目の異様《いよう》さとちぐはぐで、だからより一層《いっそう》に不気味だった。

「わたしの、傘、知らない？」

とっさに手に力が入った。持っている傘の柄をぎゅうっと握《にぎ》りしめている。

「傘がね、ないの。お母さんがね、買ってくれた、お気に入りの傘なのに。なくしちゃったの。ねえ、知らない？」

「……し、しら、ない」

喉がかすれて、上擦《うわず》った声を漏《も》らすだけで精一杯《せいいっぱい》だった。

うそじゃなかったんだ、と景子は思った。

瀬奈は本当のことを言っていたんだ。

傘を探《さが》していたんだ。それで、わたしが傘を持っているから、赤い傘を、黒猫の……。

いっぺんにいろんなことを考えていた。けれどもなにひとつ形にならなくて、景子は逃《に》げ出《だ》すこともできず、立《た》ち尽《つ》くしたまま、目の前の少女と向かい合っていることしかできなかった。

足が体から切り離《はな》されたみたいに感覚がなかった。

少女が、右足を引きずるように一歩、前に出す。

——ぐしゅ、と。

靴の中に溜《た》まった水を踏《ふ》む音が、まるで耳元で鳴ったように大きく聞こえた。景子は視線《しせん》を下げた。少女の右足の靴から、真っ赤な血が溢《あふ》れていた。

あぁぁ……と、吐息《といき》に似《に》た情《なさ》けない声が聞こえた。それは自分の声だった。

――あの世に連れていかれちゃうんだって。

瀬奈の言葉が頭の中で響《ひび》いた気がした。

また、ぐしゅりと音がした。少女が左足を出した。

真っ赤な血が溢れて、景子の靴の先まで濡らした。景子はぎゅうっと目を閉《と》じた。それから手に持っていた傘をつき出した。

「こ、これ！　これを、あげるから！」

沈黙《ちんもく》があった。返事はなかった。

ふっと息を抜《ぬ》いて、景子がまぶたを開ける。

目の前にいた。

鼻が触《ふ》れるほどの距離《きょり》に少女が顔を寄《よ》せていた。

「それじゃない。わたしの傘は、青色で、黒猫は一匹だもの」

まばたきをした瞬間《しゅんかん》、少女はいなくなった。

まるで夢《ゆめ》を見ていたみたいに、そこには誰もいなくて、景子は呆然《ぼうぜん》とした。

傘をつき出したままあたりを見回した。

少女はいない。

けれど今のことがうそだったとは思えなかった。あの声が、姿が、目に焼き付いていた。

「あなた、どうしたの」

「えっ」

肩を跳《は》ね上げて驚《おどろ》いてしまう。振《ふ》り返《かえ》ると、おばさんが立っていた。ぎょろりとした目で景子を見ていた。

「まあ、びしょ濡れじゃない！」

あっ、と景子は気づいた。傘を少女に差し出したままだったのだ。体は雨に濡れていた。

「うちにおいで、風邪《かぜ》を引いちゃうわよ」

ぐいと手を掴《つか》まれ、引《ひ》っ張《ぱ》られた。

「だ、大丈夫《だいじょうぶ》です……」

「いいから、ね、来なさい。雨の日はだめよ。危《あぶ》ないもの。あたしが守ってあげるわ」

「あの、離《はな》してくださいっ」

景子は踏《ふ》ん張《ば》ろうとしたが、おばさんの力は強く、痛いほどに握《にぎ》られた腕《うで》を引っ張ってぐいぐいと連れていこうとする。

「そうよ、危ないのよ。雨の日はあたしの言うことをちゃんと聞かなきゃ。じゃないと事故《じこ》にあっちゃう。あの子みたいに」

「あの子？」

ふっと意識《いしき》が外れて、踏ん張る足から力が抜《ぬ》けてしまった。引っ張られるままに二歩、三歩と早足に進んでしまう。けれど景子はそんなことも気にならなかった。

目は、傘《かさ》を見ていた。おばさんが手に持っていた、青い傘だ。

大人が持つには小さくて、おばさんの腕や肩は濡れている。

「あの子を知ってるの？　いけない子よ。だから車にひかれたの。いけない子は事故にあうのよ」

振り返って、おばさんはにこりと笑った。笑顔のはずなのに、どうしてか景子はおそろしく思った。こんな笑《え》みを向けられたことがなかった。

そしてこちらに向き直ったことで、おばさんが手に持っていた傘の正面が見えた。青い布地《ぬのじ》に、一匹《びき》の黒猫《くろねこ》がいた。柄からはタグがぶら下がっていた。

「……それ」

声が震《ふる》えた。

「え？」

景子の視線に気づいたおばさんが柄を見る。そこに結びつけられたタグには、景子の通う小学校名と、学年と、名前が書いてあった。

あの女の子の傘なんだ、と景子は思った。

おばさんはそれをじっと見つめた。息が詰《つ》まるような沈黙があった。おばさんがゆっくりと、ゆっくりと、顔をこちらに向けた。

笑顔だった。

「うちに、いらっしゃい?」

景子は首を横に振った。何度も。

「そう。じゃあ、あなたも悪い子なのね」

途端《とたん》にぐいと腕が引っ張られて、景子は体勢《たいせい》を崩《くず》した。腕が離されたかと思った次の瞬間、体をつき飛《と》ばされた。体のあちこちをぶつけて、上下も分からないほど視界がぐるりと回った。顔が冷たいものに触れているのが分かった。それは水たまりだ。こけてしまったのだ。

両手をついて顔をあげる。

土砂降《どしゃぶ》りの雨だった。滲《にじ》んだ視界に青色と、赤色の傘が浮《う》かんでいた。

ふ、っと。景子は眩《まぶ》しいほどの光で照らされた。そして、自分がいる場所が、車道であることに気づいた。

視線の先の、青い傘の下で、おばさんの口元がにっこりと笑っているのが分かった。

車が近づいていた。体は動かなかった。目が眩《くら》むほどの明かりがどんどんと近づいてくるのを見ているしかなかった。

――あの世に連れていかれちゃうんだって。

瀬奈の言葉が頭の中で何度も繰《く》り返《かえ》されていた。

あの世に、あの世に、あの世に、あの世に……。

そのとき、自分の横に誰《だれ》かが立っていた。

ピンクの模様《もよう》が染《し》み付いたスニーカーだ。あの女の子だった。

その顔を見るよりも先に、景子は背中《せなか》を引っ張り上げられるように立ちあがった。自分の意思ではなかった。どこにも力は入らないでいた。

雨のカーテンを引《ひ》き裂《さ》くように車が見えた。あたりに響くようなクラクションが長く鳴らされた。

立ちあがった景子は真横につき飛ばされた。

どうしてかゆっくりと、その光景が見えていた。

道路の中心に女の子が立っている。両手をこちらにつき出している。全身が濡れていて、髪《かみ》の毛で目は見えない。その口元は、笑ってもいない。

黄色いライトが近づいて、女の子にぶつかって、そして車に飲《の》み込《こ》まれて、消えた。

景子は地面に倒《たお》れたけれど、ランドセルがクッションとなった。

今まで無音だった世界に急に音が戻《もど》ってきた。クラクションがまだ響いていた。タイヤが地面をこする鈍《にぶ》い音がして、車が止まった。中から運転手のおじさんが降《お》りてきて、慌《あわ》てたように車の前に回《まわ》り込《こ》んで、下を覗《のぞ》き込《こ》んだ。首をかしげて、それからようやく、歩道で転んでいる景子に気づいたように走り寄《よ》ってくる。

景子のすぐそばでは、景子を車道につき飛ばしたおばさんが大声で騒《さわ》いでいる。その瞬間を目撃《もくげき》した通行人がおばさんを捕《つか》まえていたのだ。

景子はぽかんとしたまま、見て、聞いていた。けれど頭の中には何も入ってこなかった。おじさんが景子に何かを話しかけている。他にも何人も大人が集まってきて、口々に景子を心配してくれている。

景子は立ちあがることができないでいた。体からすっかり力が抜けていて、自分はまだ生きているのかどうかも分からなかった。

風が吹《ふ》いて、傘がふたつ、車道に転がるのが見えた。

景子の赤い傘と、あの少女の青い傘だった。ふわりふわりと浮かんだり、柄を地面にこすりながら、傘がゆっくりと車道を横切っていった。

φ

久《ひさ》しぶりの登校だった。

あれからめっきりと雨は降らなくなって、ずっと晴天が続いていた。

景子は病院に運ばれてそのまま入院したが、大きな怪我《けが》はなかった。両親にはとても心配されたし、警察《けいさつ》の人が二回、景子に話を聞きにきた。詳《くわ》しいことは教えてくれなかったけれど、あのおばさんが悪い人だった、ということをぼやかして話してくれた。

両親以上におじいちゃんやおばあちゃんが慌《あわ》てていて、怪我もないから大丈夫という景子をやたらと甘《あま》やかしてくれた。お菓子《かし》を持ってきたり、おもちゃを買ってきたり。

何か欲《ほ》しいものはないか、と言う祖父母《そふぼ》に、景子はひとつおねだりをした。

ようやく学校に行けるようになった今日、すれ違《ちが》う人も、他の児童も、景子のことを不思議そうに見ている。それは景子が傘を持っているからだった。

青空も眩しい晴れの日だ。他に傘を持っている人はいない。景子の姿《すがた》はおかしく見えるだろう。でも景子はちっとも構《かま》わなかった。

あの郵便局《ゆうびんきょく》前の交差点までやってくると、景子はあたりを見回した。

ここに来たら、あのときのことを思い出して怖《こわ》くなるのかと思った。今でも実感はまるでわかない。けれど、景子は決して夢じゃないと思った。警察の人にも、お医者さんにも、祖父母にも両親にも言わなかったけれど、景子はたしかに、あの女の子に助けられたのだと知っていた。

景子は交差点の電柱に、青い傘を立てかけた。

おじいちゃんとおばあちゃんにお願いして、一緒《いっしょ》に探して買った傘だ。

あの日、たしかに見たはずの傘はふたつともなくなっていた。どこかに飛んでいってしまったらしい。

だからこれは、あの女の子が探している傘ではなくて、よく似た別のものだ。それでも、景子が自分にできることはこれしか思いつかなかった。

両手を合わせて、お礼を言った。

助けてくれて、ありがとう。

顔をあげた。いつもと何も変わらない交差点だ。景子は学校に向かって歩き出す。

しばらく進んでから、ふと振《ふ》り返《かえ》ってみると、交差点に女の子が立っていた。青い傘をさして、くるくると回転させている。布地にプリントされた黒猫が走っているみたいに見える。

トラックが横切った。

見間違《みまちが》いだったみたいに、交差点には誰もいなくなっていた。

景子は微笑《ほほえ》んで、小走りで学校へ向かった。

教室に入るとみんなが声をかけてくれた。入院したことがまるですごいことのように、男子が話しかけてくる。女子は優《やさ》しく気遣《きづか》ってくれる。慣《な》れない状況《じょうきょう》に戸惑《とまど》いつつ、景子はなんとか返事をしながら机《つくえ》についた。

ランドセルを下ろすなり、瀬奈が振り返って景子を見た。

にやっと笑いながら、

「幽霊《ゆうれい》に襲《おそ》われたんでしょ？　よかったね、生きてて」

と言った。

今までは瀬奈のその顔に何も言い返せなかった。けれど、どうして今までそんな簡単《かんたん》なことができなかったのだろうと思った。

瀬奈の笑顔《えがお》は、あのおばさんの笑顔に比《くら》べたら怖くもなんともない、可愛《かわい》らしいものだった。

「ううん。良い幽霊さんだったよ。お友達になりたいくらい。瀬奈も会えるといいね？」

にこりと笑って言うと、瀬奈は目を丸くした。

その表情《ひょうじょう》にすっきりとした気分を感じながら、景子は窓《まど》の外を見る。

青い空が広がっていた。雨はもう、しばらく降りそうにない。

骨江「まあ！　怖《こわ》いのは幽霊じゃなくて人間の方ってことよね。女の子が助けてくれてよかったけど、なんだか人間関係って大変そう！　あたしは闇の世界にいてよかったわ」

ミステリー案内人「探《さが》し物《もの》は思いもかけない場所にあったりします。違う人の手の中、とか。どうしても見つからないときは誰かに聞いてみるといいかもしれませんね。それでは、ばいばいちーん」

カドカワ
読書
タイム

ミステリー案《あん》内《ない》人《にん》さんのコワイハナシ

ジゴウジトク

2020年6月11日 初版第一刷発行

2020年7月15日 再版発行

原作	クロネコの部屋
著者	一夜月夜、天乃聖樹、高橋佐理
発行者	三坂泰二
発行	株式会社KADOKAWA 〒102-8177 東京都千代田区富士見2-13-3 0570-002-301(ナビダイヤル)
印刷・製本	株式会社廣済堂

ISBN 978-4-04-064721-0 C8093

グランドデザイン	ムシカゴグラフィクス
ブックデザイン	百足屋ユウコ+フクシマナオ(ムシカゴグラフィクス)
イラスト	シライシユウコ